歌わせたい男たち

■登場人物

仲《なか》　ミチル　音楽科講師

与田《よだ》　是昭《これあき》　校長

片桐《かたぎり》　学《まなぶ》　英語科教師

按部《あんべ》真由子《まゆこ》　養護教諭

拝島《はいじま》　則彦《のりひこ》　社会科教師

1

ある都立高校の一階にある保健室。

給湯室、トイレを備え、カーテンで仕切られた部屋の隅にはベッドがある。

壁に添って事務机や棚が並び、部屋の中央には、ソファーセットが置かれている。

校庭に面して大きな窓。

保健室の上部には、日章旗が掲揚された屋上の一部が見える。


朝。壁の時計は八時ちょっと前を示し、保健室にはまだ寒そうな春の光が流れ込んでいる。

通路側からノックの音。やがて戸が開き、マスクをした与田が顔を出す。

与田　按部先生、いませんか？（と、だんだん入ってきて）いませんね、いないでしょう、あなたは肝心のときにいらっしゃらない……

と、給湯室を覗く。戻ろうとして、大きなクシャミ。次のクシャミは出そうで出ない。目を細め、ムズムズとした表情で耐えるうち、今度は連続したクシャミに襲われる。

与田、スーツのポケットから紙を出す。トイレットペーパーを引きちぎってきたものらしい。それをまた適当な長さに引きちぎり、マスクを外すと、大急ぎで鼻をかむ。

与田　……卒業生の皆さん、本日はご卒業、おめ（クシャミをこらえ）でとうございます。思い起こ（クシャミをこらえ）せば、三年前のは、（クシャミ）春、君たちは目を輝かせて、ほ、ほ、本校の（クシャミ）……

電話が鳴る。

与田　（電話に出て）はい、保健室……どなたって私ですよ。花粉症の校長がお薬をお求めです。早く戻ってくださいよ。もうティッシュペーパーが切れちゃって、トイレットペーパーのお世話になってんだから……え？　仲先生？　仲先生は音楽室でしょう……だから、ミス・タッチはいませんよって……

ミチル　（カーテンの奥から）いるんです！

与田、カーテンの方を振り向く。

ミチル　（カーテンの隙間から顔だけ出し）いたんです。すいません……

与田　じゃ、ベッドに？

ミチル　あのう、私に電話ですよね？

与田　ああ、按部先生から……

ミチル　今出ます。出ますが、かなり、失礼いたします。

と、意を決して出てくる。素肌に掛け布団を巻きつけた姿。

ミチル　（衝撃を受けている与田に）あ、気にしないでください！　できれば、ぜひ笑っちゃってください。

と、自ら笑いながら、受話器を受け取ろうとした拍子に、むき出しになる肩と腕。

与田、反射的に後退しつつ、受話器を渡す。

ミチル　（按部に）ごめんなさい、お手数かけまして……ううん、大丈夫、ちゃんと布団で海苔巻きになってますから……そう、基本的にピアノのあたり。後ね、可能性としては、ピアノの前の、つまり、最前列の机のあたりとか……はぁい、ありがたくお待ちしてま〜す。

と、明るく電話を切ったものの、恐縮して与田に向き直る。

ミチル　すいません。服にコーヒーをこぼしまして、それもカップ一杯、ドバ〜ッとやっちゃったもんですから、今、按部先生が乾かしに。職員室にコートがあるんですけど、取りに行けなくて、こんな格好で……

与田、ミチルを正視せず、とりあえずのように頷いている。

ミチル　卒業式までには乾きます。（壁の時計を見て）まだ二時間もありますし……

与田　しかし、カップ一杯ともなると……

ミチル　乾きますよ。家庭科室でアイロンをかけてくださって、今音楽室で干してるそうですから……

与田　音楽室で？

ミチル　ああ、私がちょっと落とし物を。それを探してくださって、ついでに干してるんでしょう。

与田　まぁ、式に間に合えばいいんですが……

ミチル　あ、花粉症のお薬、お急ぎですよね？
与田　いや、何だか、止まったようで……びっくりすると止まるんだな。
ミチル　すいません……
与田　（鼻で呼吸してみて）ああ、鼻で息ができる。これは、お礼を言うべきかも……
ミチル　でも先生、ティッシュはお持ちになった方がいいですよ。私の、差し上げときましょう。
（と、ベッドの方へ）
与田　あります、紙なら。
ミチル　トイレットペーパーなんでしょう？　もしも式の最中に、そんなのズルズル引っぱり出したら、生徒たちは、何かにつけ、笑いたい年頃ですし……

と、バッグからティッシュペーパーのパックを出し、与田の方へ。が、だんだん歩みが遅くなり、まっすぐに進めなくなる。

与田　どうなさいました？
ミチル　いえ、大丈夫です……
与田　でも、斜めに歩いてらっしゃいますよ。

ミチル　布団が、絡まると言いますか……
与田　ああ、無理しないで……

と、ミチルを誘導してソファーに座らせる。

ミチル　すいません……（と、お詫びのようにティッシュを差し出す）
与田　じゃ……（と、受け取り、ポケットに入れる）

ミチル、呼吸を整えながら、目をパチクリさせている。

与田　お加減が悪そうですね。
ミチル　はい、いいえ……
与田　どっちなんです？
ミチル　つまり、よかったり、悪かったりで……
与田　あの、何が、どのように？
ミチル　さっき、急になんです。伴奏の練習してたら、突如ピアノごと大波に揺られたような感じになって……最初は地震かと思ったんですよ。でも、あれ？　揺れてんのは私かなって……

与田　目まい……ですか？

ミチル　って言うんでしょうか、この感じは……

与田　先生、それで保健室へ？

ミチル　ええ。そしたら、ここでもグラッときて、コーヒーをドバ〜ッ、アチィっと……

与田　で、按部先生は何と？

ミチル　早く脱がないとシミになっちゃいますよ、と。

与田　いえ、先生の目まいについてです。

ミチル　ああ……

与田　何か、言ってませんでした？

ミチル　え〜……更年期障害じゃないですかぁ、と。

与田　（答えようもなく頷いて）……

ミチル　私は、あの、ちょっと違うかなと思うんです。昨夜《ゆうべ》、あまり眠れなかったもんですから……

与田　先生、昨夜も遅くまで練習を？（と、ピアノを弾く真似）

ミチル　はい……

与田　今朝も早くきて、練習を？（と、ピアノを弾く真似）

ミチル　はい……

与田　それ、練習のし過ぎですよ。そのお疲れが出たんじゃないですか？

ミチル　だって、昨日の予行演習で、あんなに間違えてしまうなんて！

与田　あれは、まぁ、初めてのご経験ですし……

ミチル　私、ミス・タッチって呼ばれてるんですね？

与田　………

ミチル　ミス・タッチはいませんよって、あれ、私のことでしょう？　生徒がそう言ってるんじゃないかってことは、薄々勘づいてたんですけど、まさか校長先生まで……

与田　いや、あれが初めてで……

ミチル　いいんですよ。私、ホントにピアノが下手なんですもん。ミスタッチの連続ですもん……

与田　先生が努力されてることは、みんなよくわかってますよ。ですから、ほら、愛情を込めて、そう言ったりしたくなるわけで、いや、わかりにくいかもしれませんが……

ミチル　いいです、先生、お気遣いなく。

与田　先生、これは本当です。着任早々だというのに、先生の人気は私の耳にも聞こえてきます。あ～、音楽とっとけばよかったぁって、悔しがる子もいるぐらいで……

ミチル　それ、笑えるからじゃないですか？

与田　まぁ、とにかくゆっくり休んで。今日は、仲先生の卒業式デビューです。明るく、大らかにいきましょうよ。

ミチル　どうしよう、また、昨日みたいに……

与田　大きな声で歌わせますから、先生が多少間違えたって、かき消されてしまいますよ。

ミチル　音大を出たての頃は、ここまで下手じゃなかったんです。ただ、ここ数年、ピアノは弾かずにいたものですから……

与田　そのうち慣れます。今はベッドで、少しでも……

ミチル　前の音楽担当の方、ピアノがお上手だったんでしょう?

与田　仲先生は歌がお上手じゃないですか。シャンソンのプロでいらしたわけだし……

ミチル　そちらのプロも全うできずにコレですから。あ、いえ、ご採用いただいて、心から感謝しております。今からじゃ無理かと思ってたのに……

与田　休んでください。はい、ほら、こっちへ……

ミチル　ああ、この後、入学式デビューもあるんですね!

与田　先生、休んで!　職務命令出しちゃいますよ。

2

按部が入ってくる。手にはミチルの服。

按部　服、乾きました。
ミチル　あ、どうも……（と、受け取り）で、あっちの方は？
按部　これですよね？（と、手のひらを拡げて見せる）
ミチル　あったの！（と、目を近づける）
按部　潰れてますけど……
ミチル　ひゃあ、踏んづけたんだ！
按部　私じゃないですよ。
ミチル　私よ私。はいずり回って探したから……
与田　落とし物って、コンタクト？
ミチル　……ええ、よろけた拍子にポロロンと……
与田　じゃあ、目も悪いわけ！
ミチル　……ど近眼の乱視でして……

按部　捨てていいですか？
ミチル　はい、すいませんです。（と、服を持ってベッドの方へ）
与田　ということは、今現在の先生の視力は……
按部　片目はコンタクト入ってますよ。
与田　先生、眼鏡はお持ちじゃないんですか？
ミチル　自宅にはあるんですが……
与田　ご自宅、遠いんでしたっけ？
ミチル　ここから、一時間くらいですけど……
与田　（壁の時計を見て）往復じゃ、間に合わないか……
按部　取りに行くってことですか？
ミチル　目は見えてます！　レンズがちょっと高かったんで、騒がないのも悔しくて……
与田　ああ、いや、どうぞお着替えを……
ミチル　すいません。（と、カーテンを閉める）
与田　目は見えている……（按部を呼び寄せ）めまいは？
按部　病院に行った方がいいですねぇ……
与田　今すぐ？

按部　まぁ、血圧とか脈拍は、正常値の範囲でしたけど……
与田　じゃあ、式が終わったら、すぐ病院に行っていただきましょう。式が終わったら必ずね。
按部　あ、花粉症のお薬を……
与田　いいの、もう治りました。どうもスリリングな局面になると、治ってくれちゃうんですよ、これが。
按部　先生、去年と同じですね。
与田　え?
按部　去年の卒業式の日も、ずうっとクシャミしてたのに、突然治ったじゃないですかぁ。
与田　そうだったっけ?
按部　それも、やっぱり伴奏絡みって言うか、音楽の新井先生が……
与田　（不快そうに）いいよ、それ、もう……
按部　………
与田　いや、明るく行きましょう、明るく……

ミチルが着替えて出てくる。肩の大きく開いた、ノースリーブのロングドレス。

与田　（また衝撃を受け）先生、あの、寒くないかな？

ミチル　あ、上着着ますよ。こっちにあります。（と、取りに戻り、着て見せて）ね、カタギになりますでしょ？

与田、意見を求めるように按部を見るが、按部は無視。

ミチル　まずいかな？　地味目の選んできたんですけど……

与田　いや、いいでしょう、ある種、心意気も感じられるということで……

ミチル　これからは、先生らしい服装を心がけます。

与田　じゃあ先生、休んでください。とにかく、式まで安静に。

ミチル　いいえ、もはやそういう場合じゃないです。

と、バッグを持ち、出て行こうとする。

按部　どちらへ？

ミチル　音楽室です。片目でいけるか確かめないと。

与田　え、見えてるんじゃないんですか？
ミチル　ただ、楽譜まで見えるかどうか……
与田　楽譜が見えない？
ミチル　細かいものには焦点が合わせにくいかもしれないんで……
按部　じゃあ、ここで試してみたら？
与田　そうそう、まずここで。
ミチル　そうですか、じゃ……

ミチル、バッグから楽譜を一つ取り出して、見る。

ミチル　見える！　バッチリです。
与田　いや、先生、ピアノの距離感で置いて見ないと……
ミチル　そうだわ、何やってんだろ……
按部　ここでやるのは？（と、ソファーを示す）

三人、ソファーセットに移動する。ミチル、中央に座り、ピアノを弾くような形でテーブルに手を置く。按部は楽譜を置くべき位置に支え持つ。

按部　こんなですかね？

ミチル　………

与田　どうです？

ミチル　これだと、ぼやけて……（楽譜に顔を近づけ）ここまで首出せば見えるんですけどね。

按部　それじゃあ、弾きにくいでしょう。

与田　第一、形がまずいね、これは……

ミチル　でも、首を正常な位置に戻すとですね……（と、首を戻し）まるでぼやけて、線がダブって……

（と、試すうち、ふと右目を閉じてみる）……あら、見えます見えます！

按部　片目閉じちゃってますけど……

ミチル　だから見えるの。見えない方、消しちゃえば。

与田　しかし、顔がまずいだろう。

按部　たぶん笑いとっちゃいますよね。

与田　いっそ楽譜を見ないってのは？　あれだけ練習なさったんだ。もう覚えてらっしゃるでしょう。

ミチル　それはちょっと精神的に、見るという前提で稽古をしていましたので……

按部　じゃあ、眼帯しますか？
与田　眼帯？
按部　眼帯で片目を消すなら、顔的にも許せるかと……
与田　しかし、痛々しくならないか？
按部　まぁ、病を押してっぽくはなりますが……
ミチル　やだぁ、私ったら！

一瞬固まる与田と按部。

ミチル　眼鏡、あったんでした、非常用のが……
与田　学校に？
ミチル　ええ、拝島先生の鼻の上に。あの方もド近眼の乱視でしょう。目の悪さ比べっての、やってみたことがあるんですよ。で、試しに彼の眼鏡を借りてみたら、これがまぁ、自分のよりよく見えて……

与田、按部からは、速やかな反応が返ってこない。

ミチル　だから、拝島先生の眼鏡を借りれば……
按部　でも、国歌斉唱に引き続き、すぐ卒業証書の授与ですよ。拝島先生は卒業生の担任ですから、生徒の名前を読み上げなければなりませんし……
ミチル　その前に眼鏡を返せばいいんでしょう？　間に合いますよ。彼のクラスは終わりの方だし……
按部　でも先生は、その後でまた校歌なんかの伴奏が……
ミチル　だから、その際にはまた借りて……
与田　どうもチョコチョコ煩わしいね。
按部　それに、拝島先生が貸してくださるかどうか……

与田と按部、微妙な表情で視線を交わす。

ミチル　貸してくれますよ。困ったことがあったら、何でも相談してちょ〜って……
与田　………
ミチル　彼、名古屋出身なんですね。私も名古屋だって、自己紹介でそう言ったら、後で話しかけてきてくれて……

与田　ああ、そういう……

ミチル　おまけに、あの人、シャンソンも好きなんですよ。歌ってちょ～、歌ってちょ～って、あれには困ってるんですけど。

与田　ほう……

ミチル　立場を超えて応援するとも言ってくださって……

与田　立場を超えて、そこまで言った？

ミチル　なぁんか大げさなんですけど……

与田　（按部に）じゃあ、すぐ聞いてみて。

按部　はい……（と、出て行く）

ミチル　すいません……

与田　（按部を追い）あ、呼び出してから言ってね、彼だけを呼びだして、仲先生のお願いだってね。

3

ミチルは楽譜とバッグを持って事務机に移り、ピアノを弾くような構えで座る。

与田　先生、休まないと……

ミチル　すぐやめます。すぐやめますので……

と、片目になり、練習を始める。

与田　そんなに力むとお疲れが……

ミチル　でも、明るく、元気よくですから……

与田　明るく、元気よく……？

と、言いながら、老眼の目を細め、楽譜に近づく。

与田　これ……校歌じゃないですか。

ミチル　ええ、校歌が一番心配で……
与田　じゃ、ずっと校歌の練習をなさってたんですか？
ミチル　いいえ、「旅立ちの日に」ももちろん……
与田　「旅立ちの日に」……
ミチル　あれも、昨日はミスタッチが多くて……
与田　で、先生、国歌の方は？
ミチル　え？
与田　国歌の練習はなさらないんですか？
ミチル　ああ、国歌は四十秒で終わりますから、何とかなるのではないかと……
与田　いやぁ、国歌も間違えてましたよ。不協和音が響きましたよ。
ミチル　一か所ね、気をつけます。
与田　それにね、欲を申せば、もっと厳かに、もっと格調高くなるといいかなぁとも感じました。
ミチル　はい。心がけます。
与田　先生は、ついこないだまでシャンソン歌手でいらしたせいか、ややもすると、シャンソン風になりやすいと申しましょうか、いや、シロウトが、ごめんなさいね。
ミチル　私もそれ、課題でして、その影響が出やすいのが校歌なんです。

与田　いや、国歌にも出てましたよ。どうもうっすら、シャンソンの香りが……

ミチル　あれはシャンソンになりにくいでしょう。

与田　そのはずですが、どこかけだるく、しかも甘く……

ミチル　え〜っ、そうでしたっけ？

与田　いや、どちらかと言えばです。

ミチル　じゃあ、国歌も練習しないと……（と、バッグから楽譜を取り出す）

与田　あ、基本的には、私は休んで欲しいんです。ただ、どうしてもお休みいただけないのであれば、国歌にもお心配りをと、それだけのことですので……

ミチル　いえ、言っていただいてよかったです。

与田　もう、こっちでおとなしくしてますので、どうぞ私にお気兼ねなく……

と、ミチルから離れ、背を向けて座る。
ミチルは指使いの練習、与田は声にならぬ声でつぶやいては黙り、つぶやいては黙りを繰り返す。
ミチル、気になって与田を見る。

ミチル　スピーチ……ですか？

与田　まぁ……

ミチル　大変ですねぇ。さっきもちょっと聞こえました。

与田　気ぜわしくて、準備ができないできたもんですから……

ミチル　じゃあ先生、お部屋で集中なさった方が……

与田　校長室は出入りが多くて……あ、私がいるとおジャマかな?

ミチル　いえ、心強いですけど……

与田　そう? じゃ、後ちょっとだけね。ま、お互い、励みましょう。

ミチル　はい。

と、微笑みあって、それぞれの作業に戻る。
ミチルはだんだん集中する。与田は考えあぐね、ついミチルを振り返る。
与田、何か言いたげに、しばらくミチルを見つめていたが、

与田　それ、そのクニャっとするの、それ何とかなりませんか?

ミチル　え、クニャっとしました?

与田　国歌ですよね、それ……

ミチル　はい、厳かに、格調高くということで……
与田　しかし、腕や肩が、そうクニャクニャと動くんでは……
ミチル　音が出れば、これ、音出てないですから……（と、言いつつ調節する）
与田　……今度は何か角張ってきたなぁ。
ミチル　（やり直す）……
与田　う～ん……
ミチル　（やり直す）……
与田　あ～……
ミチル　（やり直す）……
与田　おお……いい感じになってきました……いいねぇ……グッドグッド！
ミチル　でも、音出てませんから……
与田　いやぁ、形がこれだけよくなったんだ、形にふさわしい音が出ますよ。
ミチル　そうだといいけど……
与田　さぁ、先生、休んで休んで。
ミチル　いえ、引き続き校歌に戻って……
与田　校歌は後の方なんですから、国歌がうまくいけば調子が出ますよ。国歌はとにかくドアタマです。ご列席の都議会議員や教育委員会の方々もご一緒に歌われるわけですし……

ミチル　えっ、そういう方もこられるんですか？

与田　ええ、最近の都立高校じゃ、ごく普通のことですよ。

ミチル　うわぁ、聞かなきゃよかったかなぁ……

与田　なぁに、ドアタマの四十秒、これさえうまくいけば成功したも同然です。そう難しく考えないで、ドアタマ、ドアタマ、ドアタマだけだと気持ちを楽にして……

ミチル　ちょっと休みます。

与田　それがいい。お茶でもいれましょうかね。

ミチル　あ、私が……

与田　いいのいいの。（と、給湯室へ）

ミチルは何となく窓辺に立つ。

ミチル　木蓮の蕾、ふくらんできましたねぇ……

与田　ああ、今年はきれいに咲くでしょう……（と、茶の支度をして出てくる）大空に木蓮の花のゆらぐかな。

ミチル　素敵……！

与田　私じゃないです、高浜虚子。私、国語科だったもんですから。

ミチル　じゃあ、スピーチはお手のモンじゃないですか？

与田　それがどうも、オリジナルは弱くてね。年中頭を悩ましますわ。（と、テーブルに茶を置き）さ、どうぞ。

ミチル　恐れ入ります。（と、座る）

与田　あ、ドバ～ッとやらないようにね。

ミチル　はい、心して……

二人、茶を飲んで一息入れる。

与田　めまい、このまま出ないといいですね。

ミチル　ええ。先生の花粉症も。

と、言ったとたんに、与田はまたクシャミ。続けて、またクシャミ。

ミチル　すいません！　思い出させてしまいましたね。

与田　（クシャミの衝動に耐えながら）いや、喜ばしい。これは安心した証拠ですから……（と、またクシャミ）たぶん、先生がちゃんとやってくださると確信したんだな。（と、ポケットからティッシュを出す）

ミチル　あ、こっちの使った方がいいですよ。それ、減っちゃうと心配ですから。

と、立ち、事務机からティッシュペーパーの箱を持ってくる。

与田　何だ、そこにゴソッとあったのか。（と、そのティッシュで鼻をかむ）

ミチル　もうちょっと遅れて安心するとよかったですかね。

与田　ああ、全くだ……

と、またクシャミ。二人、笑う。

与田　さぁて、いよいよスピーチの心配をしなくちゃな。

ミチル　じゃあ、私はあっちの方で。（と、茶碗を持って動こうとする）

与田　あ、ひとつだけ……仲先生が高校生だったときに、校長先生のお話で覚えてることありますか？
ミチル　そうですねぇ……（と、考える）
与田　校長の言葉って、どれほど生徒の心に残るものか、ふと知りたくなりまして。
ミチル　う〜ん、聖書の引用が多かったんで、どれが校長先生の言葉だったか……
与田　聖書の引用？
ミチル　お顔はよく覚えてるんですよ。物静かなおばあちゃんシスターでした。
与田　じゃ、ミッション系の高校に？
ミチル　ええ。卒業式はハレルヤで盛り上がりました。
与田　はぁ……
ミチル　お役に立てなくて、どうも……
与田　そのネックレス、十字架ですね。
ミチル　ええ、勝負の日にはこれを……
与田　あなた……クリスチャンですか？
ミチル　いえ……
与田　本当に？
ミチル　はい。（ネックレスに触れ）あの、これはある人の形見の品なので……

与田、小刻みに頷きながら、ティッシュペーパーの箱を置くと、大きく鼻から息を吸い込む。

ミチル どうかしました？

与田 前の音楽の先生ね……熱心なクリスチャンでした。それで学校を辞められたんです。

ミチル え、体調を崩されたと聞きましたが……

与田 ええ、クリスチャンであるがゆえに、卒業式が近づくと、体調を崩された……もう、おわかりでしょう？

ミチル いいえ、全然……

与田 国歌の伴奏をすることに、悩まれてのことなんです。クリスチャンは、どうしても「君が代」を弾くわけにはいかないと、こうおっしゃるんですよ。

ミチル はぁ、宗教上の理由で？

与田 ええ。聖書には、キリスト以外の神への礼拝を禁じる教えがあるそうですね？

ミチル だったかな？

与田 その先生はこうおっしゃるんですよ。「君が代」は、何かこの、「天皇陛下への賛美歌」のように思える。そして、天皇陛下は神道との関わりが深い。なので、「君が代」の伴奏をすると、神道をも讃えてしまうことになる、とね。

ミチル　はぁ……

与田　仲先生もそう思われますか？

ミチル　私は別に……

与田　じゃあ先生、「君が代」の「君」は何を指すとお思いです？

ミチル　「君が代」の「君」？

与田　ええ、「君が代」の「君」。

ミチル　……天皇陛下じゃないんですか？

与田　ほら、やっぱりそう思っていらっしゃる。

ミチル　違いましたっけ？

与田　間違いではありませんが、それだと戦前の、大日本帝国憲法の時代とあまり変わらぬ感じでしょう？　民主主義の現在においては、もっと適切な解釈があるはずです。

ミチル　適切な解釈……（と、考える）

与田　まず、日本国憲法を思い出して。

ミチル　憲法、読んだことなくって……

与田　学校で少しは習ったでしょう。天皇陛下は国民の……何です？

ミチル　国民の……あ、象徴。

与田　そうですね、国民の象徴。そうすると、「君が代」の「君」はどういう意味になりますか？

ミチル　……国民の象徴……である……天皇陛下。

与田　そう言うのが適切です。次に「君が代」の「代」ですが、これについては、どうお考えで？

ミチル　「代」？

与田　「代」。

ミチル　世の中とか、時代とか……

与田　はい、そのように、「代」は、本来時間的概念を表しますが、転じて「国」を表す場合もあります。ちゃんと広辞苑にも載っております。

ミチル　じゃ、「君が代」の「代」は「国」ですか？

与田　そのように解釈するのが現在妥当とされています。

ミチル　そうだったんだ……

与田　ね、ですので、「君が代」とは、「天皇を国民の象徴とする我が国」という意味合いになるわけです。「君が代」は我が国及び我が国民の末永い発展を祈る歌なんです。

ミチル　……

与田　ね、文法的にも、そういうことになるでしょう？

ミチル　そうか、じゃ、「が」は「とする」って意味になるんですね？

与田　「とする」？

ミチル　「君が代」の「が」です。私はまた、今で言ったら「の」っていう意味なのかと……

与田　先生、やはり「が」にこだわられますか……

ミチル　いえ、知らなかったもんで……

与田　クリスチャンの先生も「が」に強くこだわられました。「が」はあくまでも「所有」を表す。従って、「君が代」は、どこまでも「天皇の代」という意味になると……

ミチル　だから、この場合の「が」は所有の「が」じゃないんですよね？

与田　そういう聞き方をされると、「が」は所有を表す格助詞だとお答えするしかありません。ですが、どうなんでしょう、そこまで文法的な整合性を求めるのは。

ミチル　いえ、先生が文法のことをおっしゃったので……

与田　どうしても「が」が気になるのなら、こう考えるのはどうでしょう？　そもそも「君が代」は平安時代に詠まれた古歌に由来するものです。あの時代の「君」と言ったら、必ずしも「大君」を指すものではない。「夫」や「恋人」を「あなた」と親しげに呼ぶようにね……ですので、再び原点に立ち戻って、「君」を「あなた」と考えてみたら？　そうすれば「あなたの代」になるわけですから、「が」が所有の格助詞でも何ら問題ないでしょう。

ミチル　あの、私はどちらでも……
与田　我が国は、時代の要請に応じて「君が代」の解釈をより適切に変化させてきました。現代においては、クリスチャンの方を傷つけるようなことは決してありませんので……
ミチル　はぁ、クリスチャンじゃないですが……
与田　あの、重たく受け取らないでくださいね。ただ、状況があまりにも去年と似ているので……
ミチル　と、言いますと……？
与田　クリスチャンの先生ね、去年の卒業式では国歌を伴奏する決意をなさったんですよ。私の説得に応じてね。ところが、直前になって耳鳴りがたまらないと、ここに駆け込むことになった。ちょうど先生と同じように……
ミチル　で、どうなったんです？
与田　伴奏はやめにしました。ＣＤで代用したんです。
ミチル　じゃ、伴奏のＣＤ、あるんですね？
与田　目が輝きましたね……
ミチル　弾きますよ、弾きますけど……
与田　先生、心のどこかに、ご自分でも気づかない……罪の意識があるんじゃないですか？
ミチル　罪の意識？

与田　正式なクリスチャンではないにしても、それに馴染んだ過去の記憶が、伴奏への無意識の抵抗となり、それが目まいにつながっているような……
ミチル　いやぁ、そういうことは……
与田　私は名古屋人ではありませんが、校長ではありますので、どうか先生、もっと心を開いてちょ～と……
ミチル　あ！

ミチル、バッグの方へ走る。

与田　走っちゃいけない、安静に……
ミチル　ああ、早くこれを出せばよかったのに……

と、何か取り出し、持ってくる。

ミチル　私、湯島天神の初詣に行きました。これ、証拠のお守り。（と、渡す）
与田　（読んで）就職祈願……

ミチル　今年の元旦は完全失業状態だったんで……

与田　効いたねぇ……

ミチル　効きましたよ、ここに採用されましたよ！

与田　そうかぁ、湯島天神、行ったかぁ……

ミチル　行きましたよ。クリスチャンじゃありませんよ。

与田　これは申しわけない。よけいなことで時間を……（と、またクシャミ）

ミチル　さぁ、たっぷりと安心して、今度こそスピーチの心配を……（と、与田にティッシュの箱を渡す）

与田　ああ、全くだ……（と、鼻をかむ）

4

按部が戻ってくる。いくつもの眼鏡を持っている。
按部、その眼鏡をテーブルに置く。

按部　とりあえず、近眼強めの、集めてみました。
ミチル　あれ、拝島先生のは？
按部　拝島先生、駄目だったんで……
与田　いなかったの？
按部　いたんですけど……
ミチル　私が借りるって言ってくれた？
按部　ええ。だから、貸せませんって。
ミチル　マジで？　学校の行事なのに……
按部　先生、知らなかったんですか……拝島先生は……

と按部、与田を見る。つられてミチルも与田を見る。与田はティッシュペーパーを持ったまま、後ろを向く。

按部　拝島先生は、国歌斉唱に反対なんです。だから、僕の眼鏡で伴奏してほしくないって……

ミチル　それって、つまり……

按部　歴史認識って言うか、「君が代」はちょっとって人、いるじゃないですか。拝島先生、そっちの方なんで……

ミチル　聞いてなかったなぁ……

按部　（与田に）ということで、拝島先生、やっぱり不起立みたいですよ。

与田　（後ろ向きのまま）……

ミチル　じゃ、拝島先生は、今日の国歌斉唱で……

按部　立たないしぃ、歌わないしぃ……

ミチル　はぁ……

按部　今年はたぶん、拝島先生一人だけ、（与田に）ですよね？

与田、抱えていたティッシュペーパーの箱を傍らに置き、鼻から大きく息を吸い込む。

按部　あ、生徒にも一人いるかも知れない。在日コリアンの子が一人。
ミチル　チョン君？
按部　ああ、音楽とってましたっけ。拝島先生のクラスの子。
与田　（後ろ向きのまま）あの子は今年は起立する。昨日の練習だって立って歌った。
按部　へえ、素直になったんですね。

と、説明を求めるように与田を見るが、与田はまだ後ろ向きのまま。

按部　でぇ、試してもらえます？　もしかしてってことで。
ミチル　（ぼんやりして）……
按部　先生、これ……（と、一つの眼鏡をミチルに渡す）
ミチル　え？
按部　試しにかけてみて……
ミチル　はい……

ミチル、按部の渡す眼鏡を一つ一つ試してみる。

ミチル　駄目これ……違うなぁ……意味ない……意味なし……意味なさ過ぎ……

与田、静かに振り返って、その様子を見る。

ミチル　う〜ん、やっぱり拝島先生のでないと……
与田　先生……
ミチル　はい？
与田　拝島先生の……思想的立場ですが、本当にご存知なかったんですか？
ミチル　ええ、まさかのまさかで……
与田　私はまた、ご存知の上で眼鏡を借りようとなさったのかと。
ミチル　いえ、知ってたら、そこまでは……
与田　しかし、「何でも相談してちょ〜」と……
ミチル　ええ、言ってくれはしましたが……
与田　「立場を超えて応援する」とも。
ミチル　あれはたぶん、社会科と音楽科の立場を超えてということであって……

与田　そこまで親しくなさっていたのに、この話題が出ないかねぇ？

ミチル　親しいと言っても、私がきたのは冬休み明けですから、まだ知り合って、（数え）二か月ちょっとですし……

与田　もしもですよ、もしも、先生が微妙な立場に立たされて、それでお悩みなんでしたら……

ミチル　微妙な立場？

与田　まぁその、今日の伴奏を立派に勤め上げたいというお気持ちと、片や、私が伴奏をすると、拝島先生を傷つけちゃうんじゃないかしら、というようなお気持ちとの間で、こう……（と、振り子のように揺れるジェスチャー）

ミチル　こう……？

与田　揺れているうちに、それが、目まいという身体症状となって……

ミチル　それ、もの凄く違うような、だって私、彼の立場は知らなかったわけですから……

与田　知らなかった……ウム……

ミチル　じゃあ、もし、知っていて、断られるのがわかっていて、それでも眼鏡を借りようとするのって、どんな意味があるんです？

与田　意味……ウム……

ミチル　それだとパフォーマンスみたいじゃないですか。私は一応聞きました、みたいな……

与田　ウム……

ミチル　そんなパフォーマンスを何のために……

ノックの音。

按部　はぁい、ちょっと待ってください！（与田に）いいですか？

与田　え、いい……（ミチルに）ですよね？

ミチル　ええ……

按部、再び与田を見る。与田、煩わしそうに頷く。

按部　どうぞ！

片桐が、室内の様子を窺うかのように顔を出す。

片桐　片桐でございまぁす……

片桐、努めて明るく、しかし気を遣いながら入ってくる。

片桐　どんな感じかなぁと思って。みんな心配してますんで……

ミチル　私？　私ならもう……

片桐　イケそうですか？

ミチル　でしょう……です。

片桐　よかった、ひとまず……って思いたいけど、こういう画像が飛び込んできまして……

と、携帯電話を取り出し、与田に近寄って画像を見せる。

与田　え、何だ……（と、老眼鏡を取り出し、また見る）……これ、誰？

片桐　桜庭《さくらば》先生に似てませんか？

与田　桜庭？（と、また見入る）

按部、走り寄って画像を覗き込む。

片桐　帽子で顔が見えないけど、帽子ってとこがまた……

按部　桜庭先生っぽいですよね。

与田　何してんだ？（と、さらに見入る）

片桐　コピーですね。すぐそこのコンビニで、桜庭先生らしき人が大量にコピーをとってるんです。リューマチで動けないって聞いてたんですが……

与田　これ、誰が送ってきたの？

片桐　ボランティアです。「卒業式を成功させる会」の……

与田　ああ……

片桐　ビラまき、ありってことで動いていいですか？

与田　……

片桐、窓辺に行き、外を見る。

片桐　やるなら、校門の前ですから、早く対応しとかないと……

与田　でも、まだ何のコピーだか……

片桐　桜庭先生のコピーなら、不起立の呼びかけに決まってるじゃないですか。緊急対応のA案、執行していいですか？
与田　A案はちょっと……
片桐　じゃ、B案。私服にきてもらうってことで。
与田　私服もなぁ、すぐ警官だってバレるとなぁ……
片桐　じゃ、何の対応もしないんですか？
与田　いや、それを今……
片桐　かの桜庭のおジイですよ。ビラまきが始まったら、反対派は勢いづきます。今年は起立するって言った人が、また不起立に戻るってことも……
与田　それはない。一年かかって説得したんだ。
片桐　少なくとも、拝島先生は元気づきます。眼鏡を貸さなかったんですから。
与田　（按部に）それ、みんなに言っちゃったの？
按部　いえ、片桐先生は学年主幹なので、ご報告しておく方がいいかと。
与田　でも君、校長に言うより先に……
按部　帰りにちょうど会ったんでぇ……
与田　他の主幹には言ってないね？

片桐　それは僕から伝えました。影響をくい止めるという意味でも、その方がいいと判断しまして。
与田　あ、そう……
片桐　ビラまきは、拝島不起立への強力な援護射撃になりますよ。B案、執行していいですか?
与田　待ちなさい。まず拝島君を説得する。
片桐　それは無理かと、一年かかってできなかったことが……
与田　ドタキャンってこともあるだろう。彼だって揺れてるはずなんだ。
片桐　あ、桜庭先生らしき人が……
与田　どこ……（と、窓辺に走り寄る）
片桐　今、校門の前をスーッと……
与田　俺が確かめる。

と、急ぎ出て行く。片桐、追おうとするが、すぐ戻り、

片桐　それで、眼鏡は合いました?（と、置いてある眼鏡を見る）
按部　合いませんが、眼帯で対応いたします。
ミチル　眼帯……

按部　（厳しく）こういう場合ですので。

片桐　（按部に）仲先生を頼みます。国歌のライブ演奏は我が校初の快挙ですから。

按部　はい！

片桐、頷くと出て行く。

5

ミチルと按部、気分を共有するような、しないような沈黙。

按部　……気分、どうです？

ミチル　あ、いいです。

按部　眼帯、出しときますね。

ミチル　（消極的に頷いて）……

按部、棚の方へ。
ミチル、窓から外を見る。

ミチル　ビラの人、桜庭先生でしたっけ、この学校の方なんですか？

按部　元ね。今はもう辞めたんでぇ……

ミチル　それ、不起立でクビになったとか？

按部　普通の定年退職ですよぉ。（と、眼帯を差し出し）つけてみます？

ミチル　……後で。

按部　じゃ、ここ置いときます。（と、テーブルの上に置く）

ミチル　あ、校長先生が走ってく。片桐先生が追いかけて……何か、物々しいのねぇ……

按部　今年はそうでもないですよ、ビラまきも事前に阻止されそうだし……

ミチル　じゃ、去年はもっと凄かったとか？

按部　去年はビラまきはなかったんですけど、ただ……

と、言葉が途切れたので、ミチルは振り返る。
按部は事務机で化粧を始めている。
ミチル、意外な思いでそれを見る。

按部　（ようやく気づいて）今日、時間がなかったんでぇ……

ミチル　ああ、どうぞ……

按部は再び化粧に集中する。

ミチル　ねえ、去年はただって、どういうこと？

按部　ああ、去年は国歌斉唱時の不起立者が、教師で……三人もいた上に、卒業生のほとんどが不起立だったんで、新聞に出ちゃったんですよ。

ミチル　へえ、新聞に……

按部　まぁ、桜庭のオジイの影響が大きかったって言うか、拝島先生のフォローもありましたしね……だから、校長も必死なんですよ。去年はそれで教育委員会の「指導部長注意」っての受けちゃったんで、今年もまたってことになると、かなりヤバイと言いますか……だからって、あまりに余裕なさげにするのも、どうよってとこはあるしぃ……

按部、いきなり携帯電話を開き、メールのチェック。
ミチル、また窓の外に目を移す。

ミチル　何か言い合いしてるわよ。

と、振り返るが、按部はメールを読んで、ニヤニヤしている。

按部　すいません、何か言いました？
ミチル　校長先生と片桐先生、言い合いしてるみたいだけど……
按部　ほぉんと、大変ですよねぇ……（と、また化粧に余念がない）

ミチル、按部を見たり、外を見たりと、落ち着かない。

ミチル　拝島先生……今度も不起立だったら、どうなるの？
按部　今度もだったら、処分、重くなると思いますよぉ……
ミチル　重いって、どれぐらい？
按部　減給とか……
ミチル　減給……
按部　お子さん三人もいるんだから、きついんじゃないですかねぇ。
ミチル　お子さんが、三人も！
按部　知らなかったんですかぁ？
ミチル　そんな話、出ませんもん。向こうも言わないし、こっちも聞かないし……
按部　へえ、オトナの関係なんだ……

ミチル　関係ってただ、所帯じみたの、苦手なだけで……
按部　じゃ、どんな話してたんです？
ミチル　どうってことない話。すれ違ったとき、挨拶程度に話すだけで。
按部　でも、シャンソン、歌わせたがったんでしょう？
ミチル　歌ってませんよ、歌いたくないもの……だから、親しかったって言うよりも、まぁ、他の先生よりは口をきいていたという程度の……
按部　（疑わしげに微笑んで）……
ミチル　だって、不起立、知らなかったわけだし……
按部　（疑わしげに微笑んで）……
ミチル　校長先生も、そんなに気を回すことないのにねぇ……
按部　………
ミチル　納得のいかないお顔だったでしょ？　何か誤解があるような。
按部　そんなの、いいじゃないですか。先生がちゃんと弾けば、誤解は解けるわけですから。
ミチル　うん……

と、指をさすりながら、また窓辺へ。

ミチル　拝島先生、どっかに飛ばされちゃうってことはない？

按部　移動は普通にあることですから……

ミチル　そう、普通に……

按部　ああいう人、タイプですか？

ミチル　やだ、あんなの、タイプじゃないわよ。

按部　気をつけた方がいいですよ、あの人、ガチガチの左翼ですから。

ミチル　そんなふうには、見えなかったけど……

按部、またメールのチェック。

ミチル、物思いに沈む。

6

ノックの音。

按部　はい！（と、化粧道具をしまい）どうぞ！

拝島が伏し目がちに入ってくる。

拝島　すいません。ひと言お詫びをと思いまして……
ミチル　いいです、そんな……
拝島　お困りなのは、わかっているのに……
ミチル　いいえ、こちらがドジなんですから……

遠慮がちな間。

拝島　他の眼鏡、合いましたか？

按部　全く合いませんので、予定通り、眼帯を着用いたします。
拝島　そうですか……
按部　痛々しいですけど、晴れの日に……
拝島　ご不要なら、眼鏡はお返しになった方が。山本先生が新聞を読みたがっておられます。
按部　それはどうも……

と按部、急ぎかき集めて、出て行く。

拝島　あのう、それでなんですが、校歌と「旅立ちの日に」に関しては、眼鏡、お貸しできますけど……
ミチル　はぁ……国歌だけ眼帯で弾き、あとの二つは眼鏡で弾く……
拝島　変と言えば変ですが……
ミチル　変でしょう、かなり……
拝島　そうですよね……
ミチル　眼帯で通します。物貰いだ、みたいなことで……
拝島　すいません……
ミチル　こちらこそ、ぶしつけなお願いを……

遠慮がちな間。

拝島　目まい、もういいんですか？

ミチル　ええ、どうにか……

拝島　ああ、そう、ああ……

ミチル　どうぞ、もう、お忙しいでしょうから……

拝島　不起立のこと、言っておけば、よかったですね、僕が先に言っておけば……でも、何だか言う気になれなくて……

ミチル　わかります。私じゃ話になりませんもん。

拝島　いえ、そういうことではなくて、先生とは、もっと……別の話がしたくなって……

ミチル　（やや皮肉に）野良猫の話だとか？

拝島　あ、あの猫、生きとったがね！　今朝よぉ、やっとかめに見かけたんだわ。ブチの方だがね。裏門の植え込みんとこで……

ミチル　茶トラは？

拝島　茶トラはおらんかった。残念だけどよぉ……

ミチル　茶トラが心配なんだがね。私は茶トラが。
拝島　ブチに聞いてはみたんだわ。おい、相棒は登校拒否きゃって。
ミチル　（笑おうとして、やめる）……
拝島　まぁ、登校拒否がええかもしれんね。あんまり真面目に登校すると、目立ってまって、処分の対象になってまうかも……
ミチル　………
拝島　じゃ……（と、行こうとする）
ミチル　先生……今日の不起立、確定なんですか？
拝島　はい……
ミチル　そんなことして……大丈夫なんですか？
拝島　それは教育委員会に聞いてください。処分を決めるのはそちらですので。

拝島、行きかけて、また戻ってくる。

拝島　茶トラですが、帰りにもう一度探してみます。もし見つけたら、何とか病院に……
ミチル　それは私が……

拝島　じゃあ、捕まえるところまでは私が……
ミチル　先生、そんなことより、今はご自分のことを考えた方が……
拝島　考える？　何を？
ミチル　ですから、今日の……
拝島　不起立を考え直せって言うんですか？
ミチル　よけいなことかもしれませんけど、お子さんがいらっしゃると聞いたんで……

小さな間。

拝島　そんな話が出たんですか……
ミチル　チラッとですよ。聞きもしないのに、按部先生が……
拝島　あの人、僕のこと、ゴチゴチの左翼だって言ったでしょう？
ミチル　いえ、ガチガチだって……
拝島　ガチガチかぁ……

二人、弱々しく笑う。

拝島　全くもって不思議ですよ。僕は一度もデモに行ったことがない。署名活動すら、したことがない。左翼の連中には、よく軟弱だって責められたもんです。それが今じゃ、不起立だってだけで、ガチガチの左翼になっちゃうんだもん。

ミチル　……

拝島　僕だって軟弱でいたかったですよ。でも、いくら軟弱だって、これだけはどうもってギリギリのセン、あるじゃないですか。日本史を教えてたら、どうしたって過去と向き合う。僕はあの侵略戦争と切り離して「君が代」をイメージすることはできません。イヤですよ、「アジアの解放」だとか言って、やたらめったら殺した戦争の、そのシンボルだった歌、歌うなんて……

ミチル　だったら、そのお気持ちのまんま歌うってこと、できません？　もう二度とああいう過ちは繰り返さないって、そういう思いで歌うのは？

拝島　はぁ、どっかの首相がどっかの神社へ参拝する口実と同じですね。

ミチル　私は、ただ先生が心配で……

拝島　なぜ、僕の方を心配する。歌わなかったら処分するという、この一方的なやり方を、あなたはなぜ心配しない？

ミチル　……

拝島　あなたも教育者になったんですから、教育の現場に行政が不当に介入してくることに対し、もうちょっと危機感持ったっていいでしょうに……

ミチル　そんなの、まだよくわからなくて……

拝島　人間には、損得を超えたヒューマンな感情ってものがあるでしょう。思想とか信条とか良心とかいうような。それを踏みにじっちゃいけないって、ちゃんと憲法にも書いてあるじゃないですか。これをいったん外しちゃったら、国はどこまでも暴走しますよ。「思想・良心の自由」って、民主主義の生命線じゃないんですか?

ミチル　………

拝島　ほら、やっぱりそういう顔をする。だから言いたくなかったんですよ。先生のそういう、困った顔を見たくなかった。

ミチル　今急に言われたって、これから伴奏しなきゃってときに……

拝島　じゃ、先に言っときゃよかったですか?　前倒しで困るだけだ。あなたは、「君が代」のために雇われた人なんだから。

間。

ミチル　ずいぶんな言いようですね。
拝島　だって、実質そうでしょう。
ミチル　じゃあ、そんな人間に、何で話しかけてきたんです。それも延々猫の話を……
拝島　猫の話がしたかったんですよ。僕は本来、こういう話が好きなんだ。女の人と、ケーキなんか食べながら、あ〜だ、こ〜だと……この学校じゃあもう、みんなが僕に構えてる。不起立の拝島、ガチガチの拝島……軟弱な拝島に戻ってみたいと思いましたよ。そう呼ばれた頃がなつかしい……
ミチル　そうですか、それで私と……
拝島　それだけじゃないですよ！

間。

拝島　それももう、オシマイですね。
ミチル　オシマイ？
拝島　だって、これからこういうことが起きるんですよ。……「国歌斉唱」の声が響く。みんなが、「日の丸」に向かって起立する。僕だけは、座っている。副校長がそばにきて囁く。拝島先生、立ってください。拝島先生、歌ってください。僕はたくさんの視線を感じる。動き回る足音。メモを走らせる音。だれが不起立かをチェックする音だ。でも、僕は座り続ける。教育委員会からきた人は、もう僕を見つけただろうか。そんなことを考えながら、目を閉じる。そのうち、前奏が聞こえてくる。ああ、仲先生が弾いてるんだと思う。みんなが一斉に歌い出す。僕だけは、歌わない。先生のピアノが歌を支える。その音に僕は苦しむ。この先もずっとこうかと、そういうことについても苦しむ……

ミチル　………

拝島　これ一回きりじゃないですからね。すぐ、入学式、それから今年は、創立八十周年の式典もある。そのたんびにこういうことを繰り返して……前のように、いきますかね……

数人の生徒が、ふざけ合いながら通り過ぎて行く声が聞こえる。二人、ただその声を聞いている。

拝島　先生、お子さん、いるんですか?

ミチル　え……

拝島　この際、聞いておくのもいいかなと思って……

ミチル　いませんよ。ず～っとこの方、独りモンですから。

拝島　独りかぁ……そうかぁ……（と、口元がやや緩む）

間。

ミチル　ですから私、食べていかなきゃなりません。しっかりと、独りで生きていかなきゃなりません。

拝島　でも、独りなら、いくらでもやりようはあるんじゃないですか？　まだまだアーティストとして生きる道が。この先、大きなステージに立つ可能性だって……

ミチル　結論はもう出ましたよ。二十何年、歌い続けて、出たんです。

拝島　いや、たとえ小さなステージだって、そこではあなたが主役でしょう？　心をこめて、好きな歌を歌う。それを聞いてくれる人がいる。この上ない生き方じゃないですかねぇ……

ミチル　相手は飲んでる客ですよ。クラブで歌ってたんですから。酔って、ぶっ飛んで、ベチャベチャ喋ってる客の前で……それに、ずっと組んでたピアニストも、とうとう病気で（天井を指さし）逝っちゃいましたし……

拝島　その人……

ミチル　は？

拝島　男の人？

ミチル　そう、アル中のオヤジでね。

拝島　何かこの、ドラマがありそうですね、何かこの……

ミチル　ま、結論が出たんですよ。

間。

拝島　そのドレス、いいですね。グレコみたいな感じですよ。それ着て、歌ってたんですか?

ミチル　ええ、時々……

拝島　グレコはまだ歌ってる。もう七十は超えましたよねぇ……

ミチル　才能が違いますもん。必要のされ方が……

拝島　聞きてぇなぁ、先生の歌。シャンソンって、オトナの歌でしょう。愛や人生を歌うには、これからがちょうどいいはずだに。何でここであきらめるのぉ。僕だったら、歌うにぃ……

ミチル　先生、もの凄い寝癖ですよ。髪の毛、とかさなかったんですか?

拝島　え……（と、髪をなでてみる）

ミチル　なでたぐらいじゃおさまりませんよ。悪夢でも見たって感じですよ。

拝島　洗ったまんま、寝ちゃったからかな……

ミチル　それに、少しお酒の臭いも……

拝島　………

ミチル　ねえ、まぁ無理はやめやぁか？　負け犬の私が言うのもナンですけど、先生もここでいっぺん……勝負はお預けってことにしてみぃひん？　たぁだ四十秒ばっか、歌うだけ。歌って、とりあえずの生活を守るのも、そう悪《わり》いことでない……んでないかなぁ、なんて……

間。

拝島　説得しろって、頼まれましたか？

ミチル　みんな疑《うたぐ》り深いのね。自分の判断で言ってるんです。負け犬ながらも、いろんな人生を歌ってきた者として。

拝島　そうですか、あなたの人生哲学は、「長い物には巻かれよ」ですか？

ミチル　時には流れに身を任せるしかないこともありますよ。傷だらけになって、ズタボロで流されたら、かえって惨めじゃないですか。そうなる前に、そろそろ自分を許してあげたら？

拝島　あきれたね！　結論が出たとはこのことか。そりゃあ、結論が出るわけだ。シャンソンの底流には反権力の、レジスタンスの魂も流れている。長い物には巻かれよで歌える歌じゃないですよ！

ミチル　どうぞご批判なさってください。シャンソン歌手の仲ミチルはとっくの昔に死んでます。今更どう言われたって……

拝島　教師としても、すでに死んでる。死んでますよ、あなた。生徒に死臭をまき散らさないでくださいよ！

ミチル　拝島先生、こんな喧嘩はやめましょう。あなた、もうボロボロじゃないですか。ちっともガチガチになんか見えませんよ。

拝島　こんな人に、教師でいてほしくないなぁ。教師ってのは、生活のためだけにやる仕事じゃないですよ。シャンソン駄目だから、じゃあ教師って、それを本当のミスタッチって言うんだよ。あんた、人生でも間違ったキー、押さえてるよ。

ミチル　先生、私は音楽教師として、ここで生まれ変わりたいと思ってます。だから、先生にも、その横にいてほしいんです。横にいて、いろいろご意見をいただいたり……

拝島　どんなご意見？　こういうご意見？

ミチル　………

拝島　「君が代」、頑張ってください。（と、ドアの方へ）

ミチル　寝癖は直した方がいいですよ。どうせなら、髪の毛も不起立になさった方が。

拝島、しばらく立ち止まり、気を変えたように戻って、ソファーに座る。

拝島　あなたには失望しました。あなたはもっと……自由な人かと思ってた。だって、自由な生き方してきたんでしょう？　少なくとも、少なくとも、今はあの歌を伴奏するにしてもですよ、心のどこかでは僕に共鳴してくれると、そういう言葉が、少しは聞けるかと思ったのに……

ミチル　こういうの、苦手なんですよ。何か一つの立場に立って、あれは間違ってるとか、こうしなきゃいけないとか、そういうのって、自分をそこだけに限定してしまうような、音楽には、もっとフリーなところから、向き合いたいと申しますか……

拝島　あなたがどう望もうと、あなたはもう政治的な立場に立たされてる。あなたは、あの歌を伴奏することによって、あの歌を歌いたくない人間にも、歌わせる役割を担うことになるんです。沈黙の自由なんて、もうここにはないんですよ。

ミチル　先生、どうぞもう、どんなに軽蔑してくださっても結構ですので……（と、窓辺へ）

拝島　だいたい、認めないよ。心の自由の危機に対して、沈黙するアーティストなんて。心の自由って、アーティストにとって、何よりも大切なことじゃないんですか？　それを、言うかね、こういうのは苦手だなんたらと……

ミチル　ビラまきが始まった！

拝島、窓辺に走る。

ミチル　あの人、あの人、前におった人ですか？

拝島　前におった人？

ミチル　そういう噂があったんだわ。前におった先生が……

拝島　桜庭先生だ……

ミチル　そう、その人がビラまきに来ゃあすって……

拝島　桜庭先生だ！　桜庭のおジイが応援にきたがね！

7

いきなり、与田が入ってくる。

与田　ノックをしました。聞こえませんでしたか？

ミチル、さりげなく拝島から離れる。

与田　桜庭さん、とうとう始めたようですね。まだくる人、少ないだろうに……

拝島　失礼します。

と、一礼、素早く出て行く。与田、急ぎ、追う。
ミチル、ベッドに倒れ込む。
間。
荒々しく戸が開き、拝島が戻ってくる。追って、与田。
ミチル、反射的に起き上がり、姿勢を正す。
拝島は、与田に背を向けたまま窓辺へ。

与田　拝島先生……
拝島　何度言われても変わりません。起立はできない。変わりません。
与田　私はね、先生のために言うんです。たとえ、先生が今日起立なさっても、誰も筋を曲げただとか、屈服したとか、そんな風には思いませんよ。ああ、オトナの判断に立たれたんだ、よく決断されたなぁと、むしろ感心するぐらいで……
拝島　そりゃそうでしょう。みんなそういう人なんだもん。トモダチ増えたら嬉しいでしょう。
与田　先生、向こうでもう少しお話を。ここじゃ仲先生にご迷惑だ。
拝島　ご迷惑はかけません。ただこうやって、桜庭先生を見ています。仲先生、いいでしょう？
ミチル　（曖昧に頷き）……
与田　あれを見て、元気が出ますか？　誰も受け取らないビラをああやって……私は気の毒で見ていられない。
拝島　（ミチルに）あの先生は、定年後も、ここに勤めるはずだったんです。ところが、それは取り消された。国歌斉唱の四十秒間、不起立だったという理由だけで。
与田　（ミチルに）それは職務命令違反だからですよ。教育公務員は、職務命令に従う義務がある。それに公然と違反する人を採用するわけにはいかないでしょう？

拝島　（ミチルに）その前に、公務員は日本国憲法を守る義務がある。国歌斉唱時に起立せよという職務命令は、「思想及び良心の自由は、これを侵してはならない」という憲法第十九条に違反します。（与田に）東京地裁でそういう判決出ましたよね？　こういう強制は憲法違反であるのみならず、教育の自主性を侵害する不当な支配にあたるとして……

与田　（ミチルに）ところが、最高裁判所はまるで逆でね、こういうことが憲法違反だなんて判断はしていない。それどころか、教育上、実に適切なことだと……

拝島　（ミチルに）だから、この国はどうかしちゃってるんですよ。本来憲法の番人であるべき最高裁が……

と、言い合っている中、片桐が入ってくる。

片桐　片桐でございまぁす……

与田　何？

片桐　え、何かお役に立てたら、なんて……

与田　じゃ、会場の方、お願いします。なんだかんだ、最終チェックを……

片桐　会場は大河内先生が、もう万全のチェックをしておられます。

与田　でもね、ここは私一人で大丈夫だから……

パトカーのサイレンが聞こえてくる。

与田　あれ？　パトカーの音、聞こえない？
片桐　ああ……
与田　おい、近づいてくるよ。まさか、これ……
拝島　パトカー、呼んだんですか！
与田　（片桐に）サイレン、鳴らすなって言っただろ！
拝島　呼んだんだな、こんなことで！

拝島、与田、窓辺に走り寄る。遅れてミチル。片桐は携帯電話を取り出し、桜庭を撮影しようと皆の後ろに陣取る。
パトカーは、校門近くに止まったらしい。

拝島　警官だ、警官が降りてきた……

与田　（片桐に）私服を呼べって言っただろう！
拝島　あんたら、ここまでする気なのか！
与田　いや、ルールは守っていただきたいと、お願いをするだけで……
拝島　威嚇だよ、あんなにいるんじゃ、脅しだよ！
片桐　（撮影しながら）リューマチだと言ってあります。穏やかに説得していただくように。
拝島　（撮影に気づき）何撮ってんだ！
片桐　後で証言の食い違いなどが出ますと……
拝島　やめろぉ、デジタル小僧め！
与田　（片桐に）それ、しまいなさい。
拝島　ビラまいたっていいじゃないか！　普通の市民の普通の言論活動だ！

拝島、戸口に向かって走り出す。片桐、先回りして止める。
両者、揉み合い。

片桐　今行くと、まずいです！
拝島　オシッコに行くんだよ！　ここにはオシッコの自由もないのか！

与田　（止めに入り）先生、トイレはここにもあります！　オシッコは、ぜひこちらで……

拝島　外のトイレでしたいんだよ！　どこでやろうと勝手だろ！

ミチル　あの、あの、外も何か揉めてますけど……

三人、また窓辺に駆け寄る。皆、息を潜めて成り行きを見守る。大きな動きがあったようだ。皆の身体がザワッと動く。

拝島　やめろ！　不当逮捕だ！　犬ども、その手を離せ！　（と、窓から外へ出ようとする）

与田　先生、先生……

与田と片桐、渾身の力で拝島を窓から引き離す。

拝島　桜庭先生！　拝島は不起立を貫きます！　拝島は不起立を……

与田と片桐、拝島の口を封じようとする。拝島、抵抗するうち、テーブルに乗り上げた形で、押さえ込まれる。

パトカーのサイレンが、再び聞こえ、遠ざかっていく。
与田と片桐、拝島から手を離す。

拝島　あり得ないよ、あり得ない……

与田、窓の外に人がいないか確認する。
片桐は、サッと戸口に向かい、いきなり戸を開ける。
バタバタと逃げ去る、数人の足音。

片桐　はぁい、クラスに戻ろう！　何でもないよ、大丈夫だよ！

片桐、戻って戸を閉める。
男性教諭のアナウンスが流れる。

声　校庭に出た人、教室に戻りましょう。校庭に出た人、教室に戻りましょう。卒業式は予定通り行われます。

小さな間。

与田　（拝島に）すいません、先生にもしものことがあると、いけないと思いまして……

拝島　……

与田　お怪我なんかは、ありませんよね？

拝島　……

与田　ってね、私はお怪我しちゃったみたいだ……（と、手のひらを見る）

片桐　あっ、血が……

与田　いいの、これしき……（と、ハンカチを出して拭く）

ミチル　絆創膏、探します……（と、戸棚の方へ）

与田　先生、いいですから……

ミチル、かまわず探し始める。

与田　按部クンはどこ行ったのよ。全くあの人は肝心のときに……

拝島、テーブルの上に横たわったまま、歌い出す。

拝島 腕に赤い花を抱いて　吹きすさぶ木枯らしのなか[※1]
疲れはてて帰る私　もういないあんただもの
恋の嘆きつぶやいては　ただ一人むせび泣く
Sombre dimanche

与田 今のは何のお歌かな？

拝島 ………

片桐 シャンソンっぽい感じですよね。

与田 君はいい。君は黙って。

拝島、再び低く歌い出す。

拝島 ローソクの揺らめく炎　愛も今は燃え尽くして……

与田 仲先生、この歌は？

ミチル 「暗い日曜日」だと思いますけど……

与田　暗い日曜日……
片桐　仲先生のご指導ですか？
ミチル　いえ、私は指導なんか……
拝島　ナチスが台頭してきた頃に、巷ではやった歌ですよ。なぜか歌いたくなりましてね……（と、また歌う）
片桐　どうしてそこまで飛びますかねぇ……
与田　サイレンはやめろって言っただろ！　何だい、あれは、しかも制服でゾロゾロと……
片桐　最終的な判断はお任せいただいたはずですが。
与田　我が校は、人権尊重教育推進校に指定されてるんだよ！　そこをくれぐれもと言ったでしょ！
片桐　我が校の人権が侵されそうになったんですよ。あれは明らかな卒業式への妨害でしょう？　それに、桜庭先生は、とうとう校内に入られました。住居不法侵入罪にも相当します。
拝島　あれは警官が追い立てたからだよ！
片桐　だって、道路交通法に違反だったんで……
拝島　それで校内に追い込んで、今度は不法侵入ってか！
片桐　追い込んでなんかいませんよ。ただ話しかけただけなのに……
拝島　あれの、どこが！　あれの、どこが！

与田　はい、はい、穏やかに……

拝島　あり得ないよ。どんな言葉も追いつかない。あの人は、ついこないだまでここで苦楽を共にした、あの桜庭のおジイですよ。わかってます、何やったか？　お二人さん、わかってます？

与田　被害届は出しませんよ。

片桐　えっ、出さない？

与田　あれでもう充分だ。桜庭先生はすぐ解放されるでしょう。

片桐　お言葉ですけど、これだから、我が校はぬるいって言われるんじゃないですか？　他校じゃ、もっと緊密に警察と連携して、あらかじめワゴン車できてもらうとか、警戒態勢、もっとバッチリやってますよ、ビラは一枚もまかせないって。

与田　ウチにはウチのやり方がある。我が校は、人権尊重教育推進校なんだ！

拝島、テーブルの上で笑い出す。

与田　ま、とにかく、これは異様な光景なんでね、ひとつ先生、そこから降りていただけますか？

後ろで物の落ちる音。ミチルが棚の抽斗を、丸ごと床に落としたのだ。

ミチル　すいません！

与田　仲先生、絆創膏はもういいですから……

ミチル　はい、あの……

と、後始末に追われる。手伝いに回る片桐。

ミチル　（片桐に）あ、ここは私が……

片桐　先生、休んでください。大事な演奏があるんですから！（と散らばった物を片づけ始める）

手持ち無沙汰になり、ウロウロするミチル。

与田　仲先生、拝島先生は、もし今日も不起立ということになりますと、もうただの戒告や減給じゃすまないんですよ。停職一か月ぐらいの処分になるかもしれない。もちろん、昇給やボーナスにも影響が出る。これねぇ、積み重なると、何百万ものマイナスになるんですよ。

ミチル　何百万……

片桐　それだけじゃないですよ。この先、教師が続けられなくなるってことも……

与田　私はね、本当にそうなってほしくないんだよ。拝島先生に、そんな辛い目にあって欲しくない。仲先生もそう思いませんか？

ミチル　ええ……

片桐　だったら、仲先生からもお願いしてください。拝島先生がそんなことにならないように。

拝島　またこれだ。原因を憂えずして結果を憂う。加害者を憎まずに、被害者を憎む。我々はいつになったら、こういう体質から抜け出せるんでしょうかねぇ……

片桐　拝島先生、憎むってそれ、あんまりなんじゃないですか？　校長先生が、どれだけ先生のことを心配してるか。もう何日も眠れなくて、睡眠薬飲んでるんですよ。

与田　片桐君、それはいいから……

片桐　（次第に涙ぐみ）校長先生はこの頃何度も同じ夢を見るんだそうです。拝島先生が国旗に向かって真っすぐに立ち、大きな声で国歌を歌っている。あ、拝島先生が、とうとう歌ってくれたんだって、そう思って手を差し出すと、「あなた、しっかりして、あなた」って奥様の声が……

与田　もういい、もう……

片桐　僕だって、拝島先生と一緒にやっていきたいんです。だから、どんなことを言われても、いつかはわかってもらえるって……

与田　ウン……

片桐　桜庭先生のことだって、辛かったです、ものすっごく。でも、桜庭先生にも、早く目覚めてもらえたらなぁって、いや、ホント、センエツですけど……

与田　さっきは悪かった。君がそこまで……

片桐　桜庭先生が、もし考え直してくださったら、そのときはまた、ここに戻ってもらうって、できますよね？

与田　そうしよう。二人で教育委員会にお願いしよう。都知事もきっとわかってくださる。

片桐、そっと涙を拭く。与田も目を瞬かせている。

拝島　片桐先生、写真を撮ってもらえませんか？

片桐　はい？

拝島　僕のこの、今の顔を撮ってください。驚きのあまり、動かなくなってしまったこの顔を……

片桐　………

拝島　そして、保存して、ときどきでいいから見てください。僕は、いなくなるかもしれないから。あのとき拝島はこういう顔をしたと、（二人を振り返ってその顔を見せ）それだけは覚えておいてください。

ミチル、拝島の顔を見ようと動くが、果たせないでいるうちに、

与田 拝島君、どうして君はそこまでひねくれてしまったんだ。どうしてそんな言い方で、改革に燃える若者を傷つけるんだ。

片桐 いえ、それは覚悟の上なんで、改革がたやすいとかは、まるで思ってないんで……

与田 これを聞いても、君の心は動かないのか？　この若者と共に、真の教育改革に取り組もうという気は起きないのか？

拝島 ………

与田 拝島君、歌おうよ。

片桐 拝島先生、歌ってください。

二人、拝島を取り囲み、頭を下げる。

与田 頼みます。歌ってください。

片桐　お願いです。歌ってください。

拝島、歌い出す。

拝島　パダン　パダン　パダン　私を追いかけて[※2]
パダン　パダン　パダン　せまりくる足音
パダン　パダン　パダン　私を悩ませる
昔聞いたような　不思議な足音よ

与田　そんな歌を歌えと言ってんじゃないんだよ！

間。

片桐　仲先生、どう思われます？　これは拝島先生一人の問題じゃないんですよ。拝島先生が不起立を貫けば、仲先生だって、研修を受けることになるんですよ。

ミチル　私が？

片桐　不起立の再発防止研修です。校長先生がプログラムを組んで、秋には我が校の教員全員が校内研修を受けることになる。（与田に）今年も不起立を出したとなると、十日間はやんなきゃって感じですよね？

与田　十日間……

片桐　その前には、校長先生と副校長と教務主幹が、教育委員会の研修を受けに行かなきゃならないんです。学期末の一番忙しい時期に半日がかりですよ。

与田　半日がかり……

片桐　それから、拝島先生ご本人が教育委員会の研修を二回受けることになるんですが、校長先生は、この研修も一緒に受けるんですよね？

与田　（指で数え）ああ……

片桐　日程の変更は認められないから、たぶん、授業がつぶれるなぁ。

与田　授業が……

片桐　で、その後で、校内での全体研修が十日間……

与田　もういい、もう……

片桐　僕は拝島先生がますます孤立するんじゃないかって、それが気になって。去年は他にも不起立の先生がいましたけど、今年はもう拝島先生一人ですよね。そうなると、拝島先生一人のせいで、え〜っ、全員が研修なのって、あまりにもはっきりしちゃう、みたいな。恨みが集中ってことにならないかなぁ……

与田　ただ四十秒間歌うだけで、そのすべては回避できるんだけどねぇ……

片桐　仲先生だったら、どうします？　それでもみんなを巻き込みますか？

ミチル　（返答に窮して）……

片桐　僕は、研修がイヤで言ってるんじゃないんです。不起立の教員が一人でも出たら、それは僕らの努力不足ってことで、連帯責任は当然って思うけど……

拝島　（ミチルに向かって、「あきれた！」という顔をして見せる）

片桐　（気づいて、拝島を睨むが、またミチルに）でも、生徒の身になってみれば、高校の卒業式って、一生に一度じゃないですか。全教員が心を一つにして、さわやかに送ってやりたいじゃないですか。

拝島　（さらに「あきれた！」顔をして見せる）

片桐、たまりかねたように拝島に歩み寄る。

片桐　国歌を歌っちゃいけないんですか！　国旗を見上げちゃいけないんですか！　我が国を愛し、我が国に生まれたことを誇りに思っちゃいけないんですか！

郵 便 は が き

1 0 1 - 0 0 6 4

東京都千代田区
猿楽町二—四—二
(小黒ビル)

而 立 書 房 行

通信欄

而立書房愛読者カード

書　　名　歌わせたい男たち　　347—0

御住所　　郵便番号

(ふりがな)
御芳名　　(　　歳)

御職業
(学校名)

お買上げ　(区)
書店名　市　　書店

御購読
新聞雑誌

最近よかったと思われた書名

今後の出版御希望の本、著者、企画等

書籍購入に際して、あなたはどうされていますか

1. 書店にて　　2. 直接出版社から

3. 書店に注文して　　4. その他

書店に1ヶ月何回ぐらい行かれますか

(　　月　　回)

与田　まぁ、まぁ、片桐君……

片桐　これじゃあ、国際的なマナーもちゃんと教えられません。自国の国旗国歌に敬意を払えない人間は、外国の国旗国歌も大切にしないようになる。そんなの、グローバリーゼーションの時代において、通用しないじゃないですか。僕は、そんな生徒は一人だって送り出したくない。だから、英語を通して国際理解を深めてもらおうとしてたのに、それが、拝島先生の不起立ひとつで……

与田　（頷いて）……

片桐　日常的なレベルでだって、かなりな悪影響出ますよね。教師が率先してルール違反をやったんじゃ、生徒が自由ってことの意味をはき違えちゃうじゃないですか。茶髪もピアスも、あ、いいんだ、授業中の携帯メールも、トイレで煙草を吸うんだって、あ、いいんだ、あ、いいんだ……

与田　（頷いて）……

片桐　それに、僕はチョン君の気持ちを思うと……

片桐、また拝島に歩み寄る。

片桐　拝島先生、二年間不起立を貫いたチョン君が、三年目の今日、初めて起立するって、知ってますよね。あれ、拝島先生のためなんですよ。今じゃ、生徒の不起立も担任教師の責任として処分の対象になるって聞いたから、チョン君は自分の意志を曲げてまでも拝島先生を助けたいって、起立の決意をしたんですよ。

与田　在日コリアンの彼にとっては、つらい決意だったはずだよ。彼の両親は、まだ日本を許しちゃいないからね。起立する息子を見たくないって、卒業式にこないそうじゃないか。

片桐　チョン君のここまでの思いを、先生、無駄にするんですか？

与田　拝島君、歌おうよ！

片桐　拝島先生、歌ってください！

拝島　パダン　パダン　パダン　私を追いかけて……（と、また歌い出す）

片桐、拝島に殴りかかろうとする。止める与田。思わず声をあげるミチル。与田、ミチルを振り返る。ミチル、すぐに絆創膏を探し始める。

与田　仲先生、そんなとこに絆創膏はありませんよ。

ミチル　あ、はい……

与田　もういいですから、とにかく座るなり、休むなり……

按部が駆け込んでくる。

按部　あのう、今、拝島先生のクラスの前を通ったら、騒がしかったんで、入ってみたら、黒板いっぱいに大きな字で……撮ってきました。これです。

と、携帯電話の画面を見せる。与田、受け取って見る。片桐も横から覗く。

与田　これ……

按部　内心の自由についての説明です。

与田　これ、これが全部……？

按部　ラストに拝島先生の署名があって……

与田、片桐、緊張に満ちた顔で拝島を振り返る。

与田　拝島先生、内心の自由について、生徒に説明しちゃったの？

拝島　（頷いて）……

与田、バランスを崩して倒れかかるのを、片桐と按部が支える。

与田　ああ、何てことだ……！

片桐　（按部に）黒板は、そのまんま？

按部　消しました、すぐ。

与田　内心の自由について説明しちゃいけないと、職員会議で言ったでしょう！　何度も何度も言ったはずだ！

拝島　僕は、憲法に書いてあることを、黒板にも書いただけです。

与田　だから、そういうことは、この時期、実に不適切なことだと、教育委員会から言われてるんです。内心の自由について説明した教師は、え〜と、え〜と、どうなるんだっけ？

按部　教育委員会に呼び出されて、（片桐に）「厳重注意」を受けるんですよね？

片桐　その前に指導主事が我が校にきて、聞き取り調査が行われます。

与田　聞き取り調査……

片桐　校長、今はそれより、生徒への対応を……

按部　チョン君たちが、何か言いながら出てったんですけど、あれ、不起立の相談かも……

片桐、即座に飛び出して行く。按部も追う。

与田　何てことをしてくれたんだ！　もし、これで君のクラスから大量に不起立者が出たら、君はその件でもまた処分を……君だけじゃ済まない。またこっちにだって……

ミチル、よろけて大きな音をたてる。

与田　あれ……？

ミチル　地震？　じゃないですよね？　やっぱり私が揺れてんですよね？（と、さらによろける）

拝島、テーブルから降り、ミチルを支えようとする。
与田が先回りして、それを阻む。

与田　はい、しっかりつかまって、はい、はい、こちらへ……

と、ミチルをベッドの方へ導く。

ミチル　すいません、こんなときに……

拝島　（ハラハラと追い）仲先生、具合が悪かったら、伴奏やめてもいいんですよ。ＣＤちゃんとあるんですから。

ミチル　（立ち止まる）……

与田　（壁の時計を見て）まだ四十五分ある。休めばきっと回復しますよ。

ミチル　（歩き出す）……

拝島　仲先生は講師なんですから、校長も職務命令は出せません。伴奏をしなくても、処分の対象にはならないいんですよ。

ミチル　（立ち止まる）……

与田　ただ、来年度もお願いできるかどうか、それは微妙になりますんでね。校長の推薦が出せるかどうか……

ミチル　（歩き出す）……

拝島　あなたが校長なんだから、推薦すればいいでしょう！

ミチル　（立ち止まる）……

与田　教育委員会から、今日は八人の指導主事がいらっしゃいます。国歌がＣＤ伴奏だった場合、それはいかなる理由によるものか、きちんと報告がなされます。校長推薦は出しにくくなるんですよ。

ミチル　（歩き出す）……

拝島　急病だと言えばいい。弾く気はあったと言えばいい。

ミチル　（立ち止まる）……

与田　来年も急病になったらどうします。そういう不安のある方に、校長推薦は出しにくい。

ミチル　あの、もうここからは自分で……

ミチル、よろけながらベッドに辿り着く。

与田　校歌と「旅立ちの日に」はＣＤ伴奏でかまいません。ドアタマ、ドアタマ、ドアタマだけだと気持ちを楽にして……（と、カーテンを閉め切る）

拝島　それじゃあ楽になんないよ！

与田　こうなったのは、誰のせいだ？

与田と拝島、しばらく無言で対峙する。

与田　久しぶりに話せたのに、こんな結果で残念だよ。（出て行こうとする）

拝島　校長先生、本当の気持ちを教えてください。先生だって、こんなこと、本当はおかしいと思ってるんでしょう？

与田、背を向けたまま、立ち止まる。

拝島　ついこの間まで、まだこれほどの強制が行われる前まで、あなたは卒業式でも入学式でも、必ず内心の自由について説明した。「内心の自由、つまり、思想及び良心の自由は、あの戦争を経て、ようやく私たちが獲得した自由です。『君が代』については、さまざまな意見があるでしょう。ここには外国籍の生徒もいる。歌うも歌わないも、皆さん自身で決めてください」……あの説明が好きでした。在日コリアンの生徒が、涙を浮かべて聞いていました。

与田　（向き直り）ああ、確かにそう言ったよ。あの頃は、そう言うのが正しいと信じていた。だが、今はそう思わない。国歌斉唱の前に、あえて内心の自由の説明をすると、「歌わない」自由ばかりを強調することにならないかい？　まだ成長過程にある生徒たちに、一方的な考えを押しつけることにならないかい？

拝島　立って歌うという以外の選択肢を示さない。それが問題だと言ってるんです。たとえ、国民主権を高らかに謳う国歌ができたとしても、それを学校で押しつけて、処分者を出すんなら、僕はやっぱり反対します。

与田　あっ！

拝島　え？

与田　駐車場の係が足りない。言われてたのに、うっかりしてた。

拝島　……

与田　あなたそれ、引き受けてもらえませんか？

拝島　駐車場の係を？

与田　ええ、緊急ということで……

拝島　僕は卒業生の担任ですよ。

与田　卒業証書の授与までには、戻れるようにしますから。

拝島　それ、何かの時間を避けるため？

与田　駐車場のためですよ。

拝島　不起立にさせないためか？

与田　駐車場のためだけだ！

拝島　こんなあなたを見るのは悲しい……

与田　お前なぁ、一人でカッコつけんなよ。こっちがどれだけ悲しいか、ちょっとは想像してくれよ。

拝島　本当の言葉が聞きたい。本当の気持ちが知りたい。僕はもう、それだけなんだ……

与田　奥さんは、元気にしてる？　今も不起立に賛成かい？

拝島　……

与田　君の服、ヨレヨレだね。アイロンかけてもらってないの？

拝島　アイロンは僕の係だ。僕がさぼってるだけですよ。

与田　寂しいよ。本来だったら君が中心になって、さっそうと動き回ってるはずなのに。

拝島　校長先生、あの光に満ちた卒業式がなつかしくはありませんか？　体育館の暗幕をすべて開け放ち、僕らは春の光に包まれて、同じフロアで向かい合った。

与田　ああ、なつかしいねぇ。あれは私も好きだったよ。

拝島　ね、ね、よかったでしょ？　今はどうです？　暗幕を締め切って真っ暗だ。全員が壇上の日の丸の方を向いて、お互いの顔も見えやしない。見えるのは、背中、背中、背中ばっかり……

与田　ウン、そこにまた格別の味わいを感じてしまうんだなぁ。

拝島　嘘……

与田　いや、ホント。堅苦しいかと思ってたら、ああいう緊張感もいいもんだね。人生の門出はやっぱりこっちかと、そう思えてしまってねぇ……

拝島　そんなはずないでしょう！　うんとユニークな卒業式にしよう、我が校の独自性を打ち出そうって、呼びかけてたのは誰なんです？

与田　今だってユニークだよ。独自性、出てるじゃない。

拝島　会場の設営、式の進行、座る位置、教職員の服装まで通達で指示されて、どこがユニークになるんだよ。どうやって独自性を出すんだよ！

与田　あの通達、も一度よぉく読んでごらん。教育委員会からの指示は、ほんのちょっとしか書かれていない。後は全部自由なんだよ。

拝島　じゃ言ってみろ！　何が自由か言ってみろ！

与田　（しばらく考え）……来賓の祝辞。

拝島　……！

与田　在校生送辞、卒業生答辞。

拝島　そんなの、そんなの当たり前だよ！

与田　私の式辞に対しても、事前に見せろなんて言われない。

拝島　そんなことをありがたがるな！

与田　記念品はどうだ？　これも我が校の自由じゃないか。
拝島　先生、頼むから……
与田　紅白の幕だって、出すも自由、出さないも自由！
拝島　校長先生、嘘でしょう？　今のは冗談で言ったんでしょう？　せめて紅白の幕だけでも、冗談だったと言ってください。
与田　君を助けたいと思っている。心から助けたいと思っている。これは本当の、本当の、本当の気持ちだよ。
拝島　………

与田、床に跪き、拝島を仰ぎ見る。

与田　立ってちょ〜、歌ってちょ〜……
拝島　………
与田　最後の最後まで信じてるよ。

与田、出て行く。

8

拝島、そのまま動かずにいる。
ミチルがのっそりとカーテンから出てくる。
間。

拝島　（ようやくミチルに気づき）目まい、いいんですか……
ミチル　（ぼんやりと頷いて）……
拝島　ちゃんと調べた方がいいですよ。ここの水、合っとらんのじゃないんかなぁ……
ミチル　拝島先生、私、ずっと話を聞いとってね、これはどえりゃあ問題なんだって、今やっとこさわかったわ……
拝島　え、そうきゃ……
ミチル　あんたは大した人だねぇ。たった一人で官軍相手に関ヶ原の戦いやっとるようなもんだわ。誰にでもできることじゃないって、つくづく感心しとったんだに。

拝島、急激な喜びに唇をかみしめる。

ミチル　自分のことだけじゃないんだよね。あんたは、ちゃんと人のことも考えとる。人間にとって、何が一番大切かって……

拝島　それほどでもないがね……

ミチル　私なんか、恥ずかしい。何も考えんできたもんね……

拝島　これから考えればええがね。今からだって、遅くあれへんわ。

ミチル　ウン、私もちょこっとはっきりしてきたみたい……

拝島　そうきゃ？　そうなんきゃ？

ミチル　私、もうあんたを止めぇせん。あんたの不起立から、生徒は多くのことを学ぶと思う。

拝島　まぁ、そろそろクラスに戻ろうかな。どえりゃあことになっとるだろうけど、何か、元気が出ちゃったがね。ウン、そうきゃ、ウン、じゃ……

ミチル　あ、ほんでね……

拝島　え？

ミチル　眼鏡……貸してくれんかしら？

拝島　………

ミチル、目まいに揺れながら、拝島の方へ。

ミチル　まぁ、こんなんなっとるで、片目だけじゃ弾けんのだわ。両目が見えんと弾けぇへんがね。眼鏡を貸してちょうでゃあ。

拝島　ほんだで、それは……

ミチル　眼鏡はあんたじゃないんだで、眼鏡はタダの物なんだで、私に眼鏡を貸したって、あんたは汚《けが》れぇへんのだで。

拝島　先生、それより弾かん方が……

ミチル　来年もここにいたいんだわ。音楽で生きていきたいんだわ。他のバイトはイヤなんだわ……

拝島　そんな身体で弾いちゃいかんがね！

拝島、電話の方へ走る。

ミチル　何すんの！

拝島　救急車を呼ぶんだわ。

ミチル　やめてちょ、やめてちょ、やめてちょ、やめてちょ……

と、揺れながら拝島に近づき、受話器を奪い取ろうとする。

拝島 先生、いかんて、休んでちょ！

ミチル 私はもう名古屋に戻れんのだわ。実家は弟一家でギュウギュウだでよ。私の居場所はないんだわ……

拝島 僕は名古屋に戻りゃあとは……

ミチル ほんだら、どうやって生きていくんだ！ あんたの処分は自己責任だがね。私を道連れにせんといてよ！

拝島、呆然とミチルを見つめる。その力の抜けた手から、ミチルは受話器を奪い取る。

ミチル 正しい人、眼鏡、貸してちょ、小市民に眼鏡、貸してちょ……

拝島 先生、やめてちょ、僕、まぁ、壊れそうだがね……

ミチル この目みゃあはおみゃあのせいだがや！ おみゃあが私をかき乱したでかんわ……さあ、せめて、その眼鏡を……

ミチル、目まいに揺れながら拝島を追いつめ、震える手を眼鏡に伸ばす。

拝島　お、お母さぁ〜ん！

ミチル、動きを止める。眼鏡を奪おうと、いびつに構えた両手を驚いたように見つめる。両手を見つめながら、ゆっくりと拝島から離れ、ベッドに倒れ込む。

拝島　先生……

ミチル　あっち行きゃあ、私を見んといて……

拝島　ほんでも……

ミチル　早よ行きゃあ。出てってちょ……

ミチル、肩を震わせて泣く。拝島、ただ見ている。

片桐が入ってくる。

片桐　大変なことになりました。僕のクラスの女子全員が不起立を表明しています。
拝島　………
片桐　あなたのクラスのチョン君が、こうなるように仕向けたんです。チョン君は、ヨン様みたいにマフラーを巻いて、僕のクラスに乗り込んだ。そして、ヨン様みたいに微笑んで、今日不起立だった女の子とは、必ずデートをするからと……
拝島　………
片桐　わかります、このねじくれ具合が？　彼は、自分のクラスで起立を煽り、僕のクラスで不起立を煽った。あなたを助け、僕を陥れようと、僕を生徒の不起立で処分の対象にしてやろうと……
拝島　………
片桐　あなたの、教育者としての理性に訴えます。直ちにデートの約束を取り消すよう、チョン君を説得してください。こんなやり方は間違っている、こんなやり方は汚いと……

拝島、やるせない表情で笑い出す。

片桐　何を笑う！　あなたに笑う権利などない！
拝島　（泣き顔で笑いながら）笑いたくない、泣きたいんだ、笑いたくない、泣きたいんだ……

片桐　頼みます！　もう時間がない！　先生、先生、この通りです！（と、頭を下げる）

拝島　（泣き）ひどいよなぁ。日の丸・君が代のために、これほど尽くしてきた先生が、（笑い）生徒の不起立で処分される……

片桐　先生は僕を助けたくないんでしょうが、生徒のためにお願いします。不起立の女子は二年生です。内申書に影響します。進学にも就職にも、今日の不起立は影響します。

拝島　誰が影響させるんだ！　笑わせんな、泣きたいのに、どうかスッキリ泣かせてくれよ……（と、泣き笑いを続ける）

按部が入ってくる。

按部　校長先生が消えました。これを見て、消えました。

と、一枚のビラを差し出す。片桐、受け取って見る。

按部　桜庭先生のまいたビラなんですけど、これを書いたのは……校長先生だったんでぇ……

拝島、片桐からビラを奪って見る。

按部　「学校での『日の丸・君が代』の義務づけに抗議する」って、かなり大胆に書いちゃってますよねぇ……

ミチルもヨロヨロと近寄ってくる。

片桐　何で校長がこんなことを……

按部　日付、見てください。

拝島　一九九〇年三月……

片桐　一九九〇年？

ミチル、拝島からビラを奪って見る。

按部　まだ校長になる前に、別の都立校で国語の先生をしてたときに、教員の雑誌に書いた文章なんです。

ミチル　（震える声でビラを読み）大空に木蓮の花のゆらぐかな……

按部　教育はそのようにあるべきだとか、けっこう熱い展開ですよね。（と、事務机に戻り、化粧の続きを始める）それを桜庭のおジイがどっかで見つけたんじゃないですか。やり方があんまりっていうか、校長先生の名前のとこ、花マルで囲んじゃって、コピーして、まいちゃうなんて……

片桐　これ、誰が持ってたの？

按部　生徒が回し読みしてました。枚数は少ないけど、各クラスに行き渡ってるみたいでぇ……

間。

片桐　落ち着こう。十年以上も前のことだ。それだけ前なら、もう時効だ。

按部　でも、これのせいで、生徒の不起立が出ちゃったりすると……

拝島　校長も降格制度ができたからなぁ。一般教員に戻されるケースが……

片桐　悪い想像をするよりも、今はまず、校長がどこへ行ったのかを、

按部　こういうことで、自殺した校長、いましたよね？

片桐、飛び出して行く。按部も化粧を止め、追う。

拝島、ミチルを気にしながら、やはり追う。
ミチルだけが、ビラを見つめて震えている。
あえぐような、与田の声が流れ出す。

声　あ～、あ～、私の声が聞こえますか、あ～、校長です、あ～、聞こえますか……

ミチル、小さな叫び声をあげ、ソファーの隅にうずくまる。

声　皆さん、私は今、この学校の高ぁい所に立っています。いっそここから飛び降りてしまおうか、そんな思いでここまで上がってきたのですが、あ～、皆さんに、どうしてもお伝えしたいことがあ～、これをお伝えするまではと、踏みとどまっているのであ～……

9

屋上に与田が現れる。ワイヤレスマイクを手にしている。


与田　皆さん、私はかつて大きな過ちを犯しました。それが、どんな過ちであったかは、今日皆さんが目にしたビラに明らかです。今、私はこれを心から恥じている。そして、かつての私の過ちによって、今日、新たな過ちを犯す方が出てしまったらと、申しわけなさでいっぱいなのです。皆さん、そのビラは間違っています。「内心の自由」についての説明が、特に大きく間違っています。私は今なら、こう断言する。国歌を歌いたくない人が、国歌を歌わせられたからといって、その人の内心は決して傷つけられたりしませんよと。

皆さん、内心とは、内なる心と書くのですよ。内心で何を思おうと、それは誰にもわからない。だから、傷つけることなどできません。たとえ国歌の嫌いな人が、「イヤだなぁ」と思いながら歌っても、「イヤだなぁ」と思う内心の自由は、歌っている最中にさえ、しっかり保障されているではありませんか。ここを取り違えている人がいる。内心でイヤだと思うから、起立しない、歌わない。それが内心の自由を守ることだと思い込んでいる人がいる。

しかし、皆さん、起立しない、歌わないということは、外に現れた行為なんですよ。「イヤだなぁ」

という内心を、そうやって外に出してしまったら、それはもう内心とは言えません。内心は、外に出したら、外心です。外心の自由はどこまでも保障されるものではない。これは公序良俗の観点からして、当然のことでしょう。

皆さん、これは私だけの独断ではありません。最高裁判所だって、その判決でこう認めているのです。国歌のピアノ伴奏をしたくない先生が、職務命令で仕方なく弾いたとしても、その先生の内心が傷つけられたことにはならない。なぜなら、「あ、職務命令だから弾いてんだな」と思ってもらえる自由が残っているからです。ね、内心は外心にしない限り守られるんだから、憲法的にも全然OKと憲法の番人である最高裁判所が判断しているんです。これを無視していいのでしょうか。

それでもなお、皆さんの中には、処分を受ける先生を気の毒に思う人がいるかもしれない。しかし、裏返せば、それは東京都教育委員会が、それだけ教育改革に真剣だということです。都知事はこう言っておられます。

「五年、十年先になったら、首をすくめて見ている他の県は、みんな東京の真似をすることになるだろう。それが、東京から国を変えるということになるだろう」

片桐と按部が与田の背後に現れる。二人、高揚した表情で与田を見つめる。日章旗が風を受け、はためき出す。

与田　皆さん、事実、その通りになってきているではありませんか。ここで改革の手を緩めてはなりません。もし、もし、一人でも不起立者が出たら、私はここから飛び降りる！　飛び降りて、お詫びをする。皆さんは改革の側につきますか？　それとも、現状にとどまりますか？　伝統ある日本！　そして、平和のための国際貢献を担う日本！　その日本の輝かしい未来を託された皆さんに、私は命をかけて訴えます。立ちましょう！　歌いましょう！　そして、東京から、いえ、我が校から、日本を変えていこうではありませんか！

片桐、前に飛び出し、激しく拍手する。按部も彼に倣って拍手する。それにつれ、校庭から、校舎からも拍手と歓声が響いてくる。与田、片桐に促され、聴衆に向かって手を振る。

与田　ありがとう！　ありがとう！

与田、拍手と歓声に包まれて、大きなクシャミをする。

10

与田のクシャミが、まだ断続的に聞こえている。それが遠のくにつれ、校庭に出た生徒たちのざわめきも次第に治まる。

窓からその様子を見ているミチル。振り向くと、拝島がいる。

拝島　歌ってちょ。ちっちゃぁ声でええでよ。何か、先生の好きな歌を……

ミチル　（首を振り）……

拝島　じゃあ、今度、この次に会ったときに……

ミチル　どうすんの？　飛び降りるって言っとったに。

拝島　今から、リクエストしとこうかな。

ミチル　飛び降りてまったら、どうすんの、あんたのせいになってまうがね。

拝島　リクエスト曲は「聞かせてよ愛の言葉を」。

ミチル　………

拝島　オヤジの好きだった曲なんだわ。戦争が終わってよ、初めて聞いた外国《ぎゃあこく》の歌がこれだったって言っとった。ああ、こんな曲が流れてきた。民主主義の時代がきたわって、そう思って聞いとったんだって……

ミチル　………

拝島　まぁ、行くわ……

拝島、出て行こうとする。
ミチル、小さな声で歌い出す。

ミチル　聞かせてよ　愛の言葉を今[※3]
ささやいて　いつものあの声で
もう一度　聞きたい　あなたから
Je vous aime

拝島、ソファーに戻り、歌に聴き入る。
ミチルの声は、次第に高まる。

ミチル　私の心をふるわす

ただひとつの言葉　信じていたいから
生きてゆくことは　時につらすぎる
愛を信じなければ　悲しみは消えない

聞かせてよ　愛の言葉を今
ささやいて　いつものあの声で
もう一度　聞きたい　あなたから

拝島、眼鏡を外すとテーブルの上に置き、静かに出て行く。
ミチル、拝島が去ったことを感じながら、その先を歌う。

ミチル　Je vous aime

——**幕**——

初演記録

二兎社第三十二回公演
二〇〇五年十月八日（土）〜十一月十三日（日）　ベニサン・ピット

■スタッフ

作・演出　永井　愛
美術　大田　創
照明　中川　隆一
音響　市来邦比古
衣裳　竹原　典子
舞台監督　菅野　将機
演出助手　鈴木　修
舞台監督助手　丸山多佳史
　久保　浩一
　大和田有貴子
歌唱指導　荒井　洸子

プロンプター　日沖和嘉子
照明操作　吉田　裕美
音響操作　徳久　礼子
衣裳製作　砂田悠香理
衣裳助手　矢作多真美
制作　弘　雅美
　安藤　ゆか
制作助手　津田はつ恵
　早船歌江子
協力　瀬戸　雅壽

■キャスト
戸田恵子（仲ミチル）
大谷亮介（与田是昭）
小山萌子（按部真由子）
中上雅巳（片桐学）
近藤芳正（拝島則彦）

第5回朝日舞台芸術賞グランプリ受賞
第13回読売演劇大賞最優秀作品賞受賞

作者のことば

「歌わせたい男たち」は、ロンドンのある劇場との提携公演になるはずでした。そこの芸術監督、マイクさんが、私に新作を依頼してくださったのです。私は喜んで新作のあらすじを書き、マイクさんに送りました。

しばらくして、マイクさんから連絡がありました。

「あのう……これはいったい、何十年前の話ですか？」

「えっ、今の話ですけど……」

「今？　本当に？」

「ええ、今、本当に日本で起きていることなんです」

マイクさんは困っているようでした。そして、慎重に言葉を選んでこう言いました。

「私は確かに、あなたの書きたいことなら何でもいいと言いました。ただ……もうちょっと普遍的なことが書けないでしょうか？」

「これ、普遍的じゃないですか？」

「はい、少なくともロンドンの観客にとっては……」

「でもマイクさん、どこの国の話であっても、人間に本当に起こりうることなら、それは普遍的な芝居になるって、そうおっしゃいましたよね？」

「ソーリー！　この芝居をロンドン市民に理解させることは不可能です。彼らはきっとこう言うでしょう。この芝居は変だ。もし学校でこんなことがあったなら、全国の先生たちがストライキをして、国中が大騒ぎになるはずだ。なのに、この芝居じゃ全然そうなってない……と」

「でも、でも、日本では……」

「ナガイさん、もっと文化的に越境が可能なコラボレーションをしましょう」

ということで、この芝居はロンドン市民に振られてしまいました。まぁ、しょうがないことなのかもしれません。この芝居は、海外のメディアが《仰天ニュース》として伝えたという「日本では先生が国歌を歌わないと罰を受ける」話なんですから。


（初演時のチラシより　二〇〇五年）

参考文献　『「日の丸・君が代」処分』（高文研）
『良心的「日の丸・君が代」拒否』（明石書店）

あとがき

この作品を書き始めた頃、「『歌わせたい男たち』って、ミュージカルですか？」といろんな人に聞かれた。「いえ、そうではなくて……」と内容を説明すると、相手の目から華やぎは消え、微笑んでいた口元は警戒心に閉じてゆく。カタそう、つまんなそう、危なそう……という色に染め上がってしまったその顔に、ついこちらも落ち込みながら、「それだけに終わらせたくない」との意地も芽生えた。

二〇〇四年の春、東京では二五〇人もの先生たちが、国歌斉唱時の不起立や伴奏拒否で処分された。その記事が目に飛び込んできたときの違和感は忘れがたい。あれ？　憲法、まだ変わってないよね？　思想・良心の自由って、まだ保障されてるんだよね？　日本ってまだ民主主義の国だよね？

この違和感が、作品を書くきっかけになったわけだが、それは、どのような現場で、どのようにそういうことが起きるのか、その具体性に踏み入ってみたいということでもあった。だからこの作品には、取材の過程で得た実話もたくさん入れてある。観客の反応は、こういう部分で特に大きく、事実は作者より雄弁であることに、改めて気づかされた。

「もの言える自由」を求めて提訴中の池田幹子さんからは、貴重なお話を伺った。劇中の名古屋言葉は、名古屋出身の出演者、戸田恵子さん、近藤芳正さんが指導してくださった。初演は二〇周年を迎えたベニサン・ピットで行われ、支配人の瀬戸雅壽さんの温かいご協力は、本当に大きな励みとなった。

この芝居は幸運な結果に包まれたけれど、ここに書いた現実は、今もまだ変わらない。この現実をどんな結果に包み込むかは、私たち一人一人にゆだねられている。

再演を前にして　　永井　愛

二〇〇八年二月

永井　愛（ながい　あい）
1951年　東京生まれ。桐朋学園大学短期大学部演劇専攻科卒。
1981年　大石静と劇団二兎社を旗揚げ。1991年より二兎社主宰。
第31回紀伊國屋演劇賞個人賞、第１回鶴屋南北戯曲賞、第44回岸田國士戯曲賞、第52回読売文学賞、第１回朝日舞台芸術賞秋元松代賞などを受賞。
主な作品
「時の物置」「パパのデモクラシー」「僕の東京日記」「見よ、飛行機の高く飛べるを」「ら抜きの殺意」「兄帰る」「萩家の三姉妹」「こんにちは、母さん」「日暮町風土記」「新・明暗」「片づけたい女たち」「やわらかい服を着て」「書く女」

歌わせたい男たち

2008年３月25日　第１刷発行
2008年４月25日　第２刷発行

定　価　本体1500円+税
著　者　永井愛
発行者　宮永捷
発行所　有限会社而立書房
東京都千代田区猿楽町２丁目４番２号
電話　03(3291)5589／FAX03(3292)8782
振替　00190-７-174567
印　刷　株式会社スキルプリネット
製　本　有限会社岩佐

ISBN978-4-88059-347-0　C0074
装幀・マッチアンドカンパニー

永井　愛

2002.1.25刊
四六判上製
152頁
定価1500円

日暮町風土記

ISBN978-4-88059-285-5 C0074

和菓子屋の移転にともない、古い民家が壊されることになった。自分の住む町を愛し、その保存を熱望する市民グループと、壊さざるを得ない持ち主との攻防……事態は二転三転する。永井愛の劇的空間は相変わらず見事である。

永井　愛

2002.12.25刊
四六判上製
224頁
定価1500円

新・明暗

ISBN978-4-88059-300-5 C0074

夏目漱石の未刊の名作『明暗』を、現代化した心理ミステリー劇にしたてあげた永井の豪腕は、最後まで息を継がせない。

永井　愛

近刊

パートタイマー・秋子

永井　愛

近刊

やわらかい服を着て

永井　愛

近刊

片づけたい女たち

永井　愛

近刊

書く女

永井　愛

時の物置　戦後生活史劇３部作

1996.12.25刊
四六判上製
176頁
定価1500円
ISBN978-4-88059-219-0 C0074

二兎社を主宰しながら、地道に演劇活動を続けている永井愛は、自己のアイデンティティを求めて、戦後史に意欲的に取り組むことにした。これはその第１作。

永井　愛

パパのデモクラシー　戦後生活史劇３部作

1997.2.25刊
四六判上製
160頁
定価1500円
ISBN978-4-88059-226-8 C0074

前作「時の物置」は昭和30年代、日本に物質文明が洪水のように流れ込もうとした時代を切り取ってみせたが、この作では、敗戦直後の都市生活者の生態をとりあげる。文化庁芸術祭大賞受賞。

永井　愛

僕の東京日記　戦後生活史劇３部作

1997.3.25刊
四六判上製
160頁
定価1500円
ISBN978-4-88059-227-5 C0074

「パパのデモクラシー」では敗戦直後、「時の物置」では1961年を舞台にしたが、この作では1971年、70年安保の挫折から個に分裂していく人たちの生活が描かれている。第31回紀伊国屋演劇賞受賞作。

永井　愛

ら抜きの殺意

1998.2.25刊
四六判上製
152頁
定価1500円
ISBN978-4-88059-249-7 C0074

「ら抜き」ことばにコギャルことば、敬語過剰に逆敬語、男ことばと女ことばの逆転と、これでは日本語がなくなってしまうのでは……。抱腹絶倒の後にくる作者のたくらみ。第１回鶴屋南北戯曲賞受賞。

永井　愛

見よ、飛行機の高く飛べるを

1998.10.25刊
四六判上製
184頁
定価1500円
ISBN978-4-88059-257-2 C0074

「飛ぶなんて、飛ぶなんてことが実現するんですもん。女子もまた飛ばなくっちゃならんのです」――明治末期の時代閉塞を駆けぬけた女子師範学校生たちの青春グラフィティー。

永井　愛

兄 帰 る

2000.4.25刊
四六判上製
176頁
定価1500円
ISBN978-4-88059-267-1 C0074

「世間体」「面子」「義理」「人情」「正論」「本音」……日本社会に広く深く内在する〈本質〉をさらりと炙り出す。永井ホームドラマの傑作！
第44回岸田戯曲賞受賞。

斎藤憐
1982.12.25刊
四六判並製
160頁
クスコ　愛の叛乱
定価1000円
ISBN978-4-88059-060-8 C0074

藤原薬子の乱に題材をとり、古代史に仮託して描き上げた人間の愛の諸相。斎藤憐の新たな作劇法の展開は、いよいよ佳境に入った。吉田日出子主演による自由劇場の話題作。「上海バンスキング」と双璧をなす作品といえよう。

斎藤憐
1983.1.25刊
四六判並製
164頁
イカルガの祭り
定価1000円
ISBN978-4-88059-062-2 C0074

斎藤憐の古代史に題材をとった第２弾。
「大化の改新」前後に活躍した、蘇我の一族と天皇家の人びとの葛藤、それを操る藤原鎌足の野望、政治と人間の相剋を描く野心作。

斎藤憐
1983.12.25刊
四六判並製
164頁
グレイクリスマス
定価1000円
ISBN978-4-88059-070-7 C0074

「上海バンスキング」は、敗戦まで。そのあとの戦後日本を扱ったのがこの戯曲。ＧＨＱの政策におびえ、右往左往する支配階級のぶざまな姿が描かれ、一転日本国憲法の精神を問う、力作。

斎藤憐
1999.1.25刊
四六判上製
144頁
改訂版・グレイクリスマス
定価1500円
ISBN978-4-88059-259-6 C0074

本多劇場で初演された「グレイクリスマス」は、民芸によって繰り返し上演され、日本の各地で激賞された。改めて「民芸版・グレイクリスマス」を上梓した。

斎藤憐
1985.4.25刊
四六判上製
256頁
アーニー・パイル
定価1500円
ISBN978-4-88059-084-4 C0074

敗戦直後、米軍に接収されていた東京宝塚劇場＝アーニー・パイル劇場に集まった、日本人、フィリピン人、アメリカ兵のスタッフ、キャストの姿を通して、戦争の傷と、戦勝国・敗戦国の関係を相対化して見せた、斎藤憐の力作戯曲。

斎藤憐
1986.5.15刊
Ｂ５判並製
152頁
Work 1 ——自由劇場　86年５月上演台本
定価800円
ISBN978-4-88059-092-9 C0074

小衆・分衆の時代。あの大衆たちはどこへ行ってしまったのか。
70年代演劇の旗手・斎藤憐が描く群衆像。

斎藤憐
1986.10.7刊
Ｂ５判並製
148頁
ドタ靴はいた青空ブギー
定価1000円
ISBN978-4-88059-097-4 C0074

戦後の焼け跡をバックにヨコハマとアメリカを描き出す
斎藤憐の野心作。

斎藤憐戯曲集 1

赤　目

1978.12.25刊
四六判上製
408頁
定価2000円
ISBN978-4-88059-025-7 C0374

逃げの芝居、自慰的黙示劇の跋扈するなかで、終始攻撃的劇性を開示してきた著者の待望の第1作品集。60～70年代の錯綜する状況の根底を撃つ〈抒情〉と〈革命〉のバラード。「赤目」「トラストD・E」「八百町お七」を収録。

斎藤憐戯曲集 2

世直し作五郎伝

1979.10.25刊
四六判上製
344頁口絵2頁
定価1800円
ISBN978-4-88059-030-1 C0374

ロシア革命そして明治維新のはざまに〈圧殺〉された大衆の〈鬼の叫び〉を開示する「母ものがたり」「世直し作五郎伝（異説のすかい・おらん）」のほか「メリケンお浜の犯罪」を収めた第2作品集。

斎藤憐戯曲集 3

黄昏のボードビル

1980.12.15刊
四六判上製
304頁口絵2頁
定価2000円
ISBN978-4-88059-037-0 C0374

時代の相剋の中で蠢く人間群像の光と影を抒情的に描きあげ、独自の歴史劇を創出する著者の第3作品集。岸田戯曲賞受賞作品「上海バンスキング」ほか、「河原ものがたり」受賞後の最新作品「黄昏のボードビル」を収録。

斎藤憐戯曲集 4

近刊

斎藤憐

バーレスク・1931──赤い風車のあった街

1981.6.25刊
四六判上製
176頁
定価1000円
ISBN978-4-88059-042-4 C0074

左翼演劇が崩壊し、軍靴の音高まる30年代。軽演劇の中に批判と抵抗の眼を忍ばせた一軒のレビュー小屋があった。新宿ムーランルージュを舞台に描く、斎藤憐の野心作。

斎藤憐

ムーランルージュ

1998.10.25刊
四六判上製
144頁
定価1500円
ISBN978-4-88059-256-5 C0074

敗戦の秋、新宿の焼け跡には赤い風車が回っていた。人びとは飢えていた。身も心も飢えていた。その飢えを満たす人びとも飢えていた。だが、人びとは自分で生きていかなければならない。そこから喜びと悲しみが生まれる。

斎藤憐

2000.11.25刊
四六判上製
152頁
定価1500円
ISBN978-4-88059-245-9 C0074

異 邦 人

日本を脱出して、ロシア、アメリカ、メキシコへと、「インターナショナル」の訳詞者として知られる佐野碩の軌跡は、波瀾万丈だった。佐野碩に関わった女性の口から語らせる著者の評伝劇は佳境に入った。

斎藤憐

2000.9.25刊
四六判上製
160頁
定価1500円
ISBN978-4-88059-246-6 C0074

カナリア　西條八十伝

童謡作詩家・歌謡曲作詞家・フランス象徴派の研究家。三つの顔を持った男、西條八十の生涯を、東京というトポスに絡ませて、斎藤憐は昭和精神史を描く。

斎藤憐

2000.12.25刊
四六判上製
96頁
定価1500円
ISBN978-4-88059-247-3 C0074

昭和怪盗伝

昭和恐慌時、ひとりの男が強盗になった。147件の犯行を重ね、延べ20万人の捜査陣を翻弄した男は、「説教強盗」と呼ばれた。本書は、人形劇団結城座との共同公演のために創作されたピカレスク・ロマンである。

斎藤憐

2000.5.25刊
四六判上製
176頁
定価1500円
ISBN978-4-88059-268-8 C0074

ジョルジュ／ブレヒト・オペラ

恋と仕事に生きたジョルジュ・サンドを、ショパンへの恋の献身を軸に鮮烈に描いた「ジョルジュ」。ブレヒトと彼を取り巻く女性たちとの流浪を描くことによって、ブレヒトの実在を浮上してくれる「ブレヒト・オペラ」。

斎藤憐

2001.6.25刊
四六判上製
160頁
定価1500円
ISBN978-4-88059-279-4 C0074

お隣りの脱走兵

ある日、息子がひとりのアメリカ人を連れてきた。米軍からの脱走兵だった。この日から檜山家は「臨戦態勢」に突入した。斎藤憐が体験した、ウソのような本当の話である。

斎藤憐

2003.5.25刊
四六判上製
136頁
定価1500円
ISBN978-4-88059-277-0 C0074

恋ひ歌—宮崎龍介と柳原白蓮—

孫文と親交のあった宮崎滔天の息子で、東大新人会の龍介と大正天皇の従姉妹で、九州の炭鉱王伊藤伝右衛門の妻だった白蓮の、時代の制約を押し切った恋の始終を描く。

斎藤憐

俊　寛

1990.1.25刊
四六判上製
128頁
定価1000円
ISBN978-4-88059-138-4 C0074

平家滅亡を謀り鬼界島に流された俊寛僧都を主人公に、平安末期の権謀術数渦巻く世界を活写した、斎藤史劇の佳作。「ゴダイゴ」と対をなす「芸術の源流」を探る意欲的な作品。

斎藤憐

海　光

1990.2.10刊
四六判上製
160頁
定価1000円
ISBN978-4-88059-137-7 C0074

渡来王朝の征服と帰化の「歴史の闇」をダイナミックに描いた斎藤憐ひさびさの古代史オペラ。加藤和彦の楽譜を多数収録した決定版。
〈横浜市政100周年記念作品〉

斎藤憐

ゴダイゴ――流浪伝説

1990.3.10刊
四六判上製
152頁
定価1000円
ISBN978-4-88059-143-8 C0074

波乱に満ちた後醍醐天皇の生涯を題材に、日本中世史の凄まじい権力闘争の実態と、その影にうごめくバサラ＝わざおぎびとたちの生きざまを鮮やかに描いた斎藤憐の傑作史劇。

斎藤憐

東京行進曲

1991.4.25刊
四六判上製
192頁
定価1500円
ISBN978-4-88059-150-6 C0074

「黄金虫」「兎のダンス」など、数々の名曲を生み出した作曲家・中山晋平をモデルに、近代日本の人間性の根源を見事に洗い出してみせた斎藤憐の力作戯曲。巻末に、千田是也・林光・斎藤憐による座談会を収録した。

斎藤　憐

サロメの純情　―浅草オペラ事始め―

1997.12.25刊
四六判上製
152頁
定価1500円
ISBN978-4-88059-243-5 C0074

アメリカ仕込みのダンスを武器に彗星のように登場し、わずか29歳で死去した悲劇の女優・高木徳子の半生を、当時の社会情勢とからめて多面的に描いた斎藤憐の傑作！

斎藤　憐

エンジェル

2000.1.25刊
四六判上製
152頁
定価1500円
ISBN978-4-88059-244-2 C0074

失業者のあふれるシカゴ。そこでは、マフィアが幅をきかしている。そこに美しい天使が派遣されてきた。そして、天使は若いヤクザに恋するのだが……。